まえがき

鮭が海洋で成長し、終焉（しゅうえん）を迎える前には、生まれ故郷の川に遡上する。人間も年を取るに従い、望郷の念が募るものである。

私の故郷は五島（ごとう）列島最北端の宇久島（うくじま）である。令和3年に亡くなった母、理絵が『宇久町郷土誌』を送ってくれた。母の形見となったこの本を読んでみると、そこには古代から連綿と続く島の人々の営みがあり、悠久の時の流れの中で、汲（く）めども尽きない興味深い出来事が溢（あふ）れていることを発見・理解した。

最近、この宇久島で重大な変化が起こっている。令和4年5月、久しぶりに宇久島に数日間帰省したところ、島の相貌が激変していた。段々畑が耕作放棄されたために、全島がタブノキ、スダジイ、トベラ、センダン、ヤブツバキなどの照葉樹林で覆われていた。

島はメガソーラー（大規模太陽光発電所）の建設ラッシュで、大勢の労働者が来て賑（にぎ）わっていた。メガソーラーが完成した暁には、１５０万枚もの太陽光パネルが設置され、変電所や鉄塔、電柱といった関連施設を含め、島の面積の4分の1を占めるという。出力は中型火力発電所1基分に相当する約48万キロワット。九州本土と64キロメートルの海底ケーブルで結ぶ計画だが、同海域の漁協の同意が得られていないらしい。

この計画に対して島民は賛成派と反対派に分かれているようだった。メガソーラー建設のためには、密林を伐採する必要があるが、膨大な量の廃材をどう処理するのか。また、万一、野火が起これば、これを消火する手立てはなく、大きな被害が出るのではないか。

「磯焼け」で海藻が消失し、それを食べる島特産のアワビ、サザエ、ウニが激減している。平戸島（ひらどじま）から海を泳いで渡来したイノシシが増殖し、農作物の被害が深刻だという。

そのような変化の中でも、島の人々は変わることなく営々と生活を営んでいる様子を見て、心強く思った。環境は変わっても島の人たちは明るく礼儀正しかった。私が失いかけていたものが島にはあり、滞在の間、心洗われる思いだった。

島の有志と会う機会があった。彼らは、急激に進む人口減少に危機感を抱き、その克服策を真剣に模索していた。私が島に唯一ある宇久小学校の傍（そば）を通りかかったとき、全校生徒が1週間後に予定されている運動会の出し物のソーラン節の踊りを練習していた。同行していただいた田中文明氏(佐世保（させぼ）市に統合される前の最後の宇久町長)によれば、全生徒数は23名だという。ちなみに宇久中学校は17名、宇久高校は18名だそうだ。小・中・高校の学童数の変化を見れば、子供の数が激減していることが分かる。

戦後、島の人口がピーク時――昭和35年、私が中学生の頃――には、島には地域ごとに大小5つの小学校があり、トータルで2011名の小学生がいた。その後4校が廃校となり、宇久小学校の1校に統合された。小学生の数はピーク時の約100分の1に激減しているのだ。

ちなみに、宇久高校は、令和4年に6名の女子バレーボールチームで「春高バレー2022」の県予選に参加し、1回戦で負けたそうだが、令和5年には部員が3名となり、同校単独では予選に出場ができないという。

島では少子高齢化が急速に進んでいる。令和4年12月現在、人口は1857人で、二人に一人が60歳以上だそうだ。また、1年に100人のペースで人が減り続けており、やがて無人島になることさえも危惧されている。私はこのように人口が激減している島を、「限界集落(過疎化や高齢化で共同体の維持が困難化している集落)」にならい、「限界島」と呼ぶことにした。このような宇久島にとっては島興しが喫緊の課題である。私は微力ではあるが、余生を「島興し」に寄与したいと念願している。

中学卒業後、島を出たために、事実上故郷を捨てたという後ろめたさがある。故郷に恩返しができなかった負い目がある。年を取るにつれ、故郷の宇久島のために何かしたいと思うようになり、祖先の島を世に紹介したい、という情熱が湧いてきた。

水木しげる氏が『ゲゲゲの鬼太郎』や『河童の三平』で境港市を世に広めたように、宇久島の民話や奇談などを紹介して、この島をアピールできないだろうかと考えるに至った。

原稿を書くうえで、ラフカディオ・ハーンが参考になった。

日本語が未熟なハーンは、妻の節子に日本の怪談奇談を拙い英語で説明させ、それに独自の解釈を加えて、情緒豊かな英文の作品に仕上げたのだという。


私もハーンに倣い、宇久島のオリジナルの民話や奇談を拾い集め、それを物語にできないものかと思うに至った。

私はかかる思考を経て、宇久島に伝わる民話・奇談などをもとに『宇久島奇談』を書くことにした。高校のクラスメートである山下章氏(元日本水産株式会社社員)には「紋九郎鯨」の項の執筆に際し、最大限のご協力をいただいた。また、人口減少が深刻化する宇久島の「島興し」のために、学校法人タイケン学園の柴岡三千夫理事長にはさまざまなご支援を賜っているが、ここに改めて深甚なる御礼を申し上げたい。また、同郷の宮崎泰三氏には本書出版の終始にわたり、格別のご支援をいただいた。そして、本書が世に出たのは、株式会社ワニ・プラスの佐藤寿彦社長と編集担当の宮崎洋一氏のお陰である。

目次

MAP元データ提供／宇久町観光協会

宇久島MAP

主な登場人物の家系図

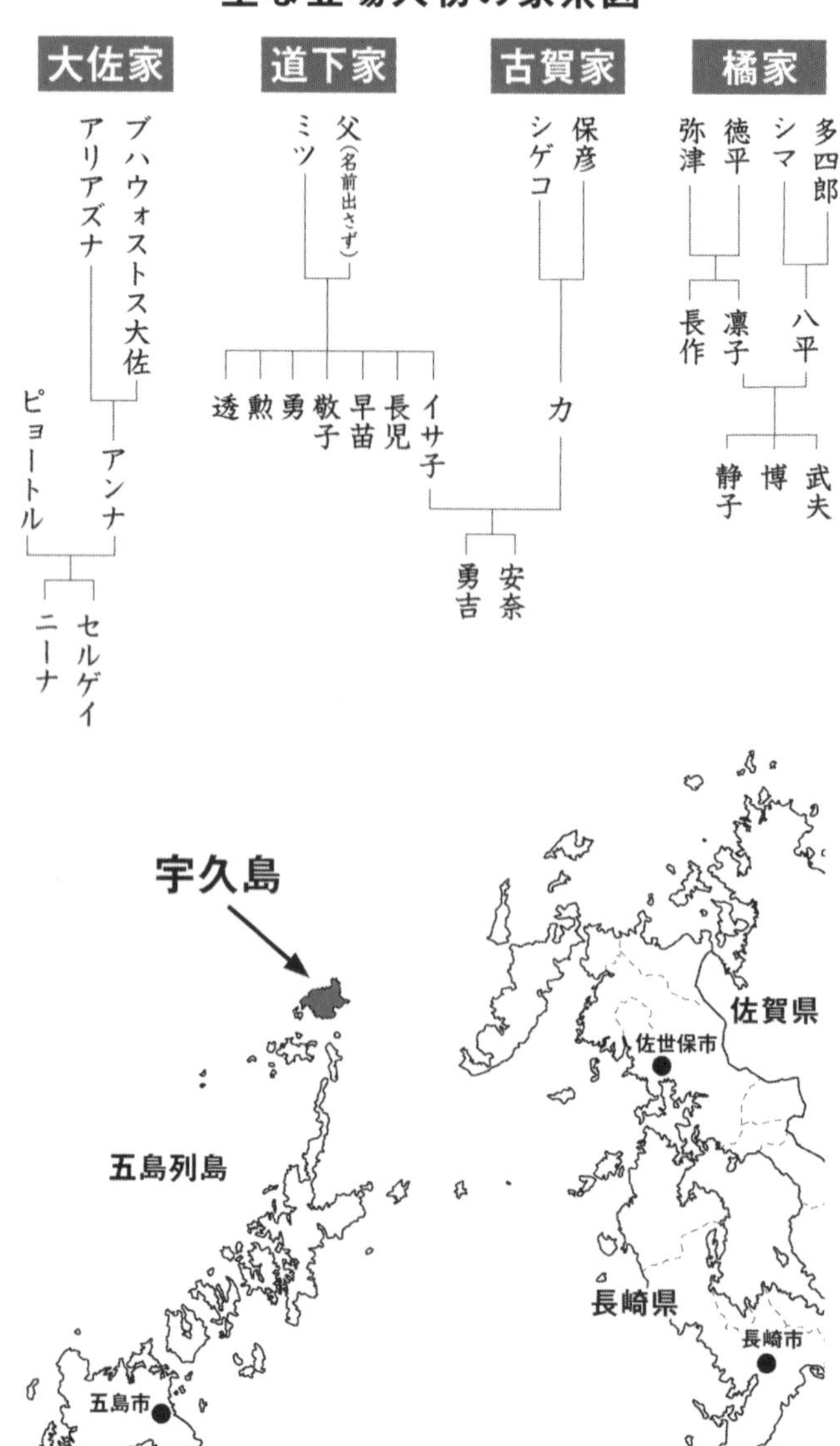

大佐家
ブハウォストス大佐
アリアズナ
アンナ
ピョートル
セルゲイ
ニーナ
道下家
父（名前出さず）
ミツ
イサ子
長児
早苗
敬子
勇
勲
透
古賀家
保彦
シゲコ
力
安奈
勇吉
橘家
多四郎
シマ
徳平
弥津
八平
凛子
長作
武夫
博
静子
宇久島
五島列島
五島市
佐賀県
佐世保市
長崎県
長崎市

ガッパ（河童）との出会い

武夫、川で溺れる

橘 武夫がガッパ（河童）と出会ったのは5歳の頃だったろうか。その顚末はこうだ。

武夫は梅雨で増水した川に転落して、危うく溺死するところを助けられたことがある。

武夫は、自宅の近くを流れる福浦川――幅3～4メートルの小川――に設けられた洗濯場――川の傍に石で囲った浅い小さな水溜り――の中で、素っ裸で水遊びに興じていた。武夫一人だけだった。脱いだシャツ・パンツと長靴はすぐ傍のコンクリート橋の上に置いた。

まだ泳げない武夫は、水溜りの中を腹ばいになって泳ぐ真似――宇久島では「手つき泳ぎ」と呼んだ――をした。しばらく遊んだ後、武夫は水溜りから出て、橋の上に置いていたシャツとパンツを身に着け、長靴を履こうとした。橋の両端には、10センチほどの高さのコンクリートの縁台が欄干の代わりについていた。


武夫は右足のほうの長靴を縁台に載せて履こうとしたが、足は靴の中にスムーズには入らなかった。武夫は上体を屈め、橋の縁の上に身を乗り出して懸命に長靴を履こうとした。靴を履くことに焦っていた武夫は、ふとした拍子に、2メートルほどの高さの橋の上から、濁流の中にドボーンと転落してしまった。後から思い出してみると、誰かに背中を押されたような気もした。

福浦川は、浅い小川で、武夫が転落した場所――橋の上流側――は普段であれば10〜20センチの水深だった。だから、もしも梅雨で増水していなければ、武夫は頭を強打してケガするか、足を骨折していたかもしれない。だが、当日は増水していたため水深は1・5メートルほどもあり、ケガは免れたものの溺死の危機が待っていたのだ。

2メートル近い高さから水の中に落下した衝撃からか、水の中にどのような格好で――頭、顔面からか腹からか――濁流にはまったのか、その瞬間の記憶はない。川は増水しており、子供の武夫の足が川底に届くことはなかった。全く泳げない武夫は、落下した勢いで完全に水中に沈んだが、浮力が働いて頭が水面下すれすれに没する状態となり、梅雨で増水した川の流れのままに下流に運ばれた。

子犬や子猫が不意に水の中に投げ込まれれば、パニック状態となり、手足をバタつかせて本能のままに泳ぐが、全く泳げない武夫は、手足をバタつかせることもなく、ただ流れに身を任せ、無為に下流に運ばれるままだった。「何とか助かりたい」という思いや「溺死するかもしれない」という恐怖心が湧いたことなどは記憶にない。否、そんな感情はなかったような気がする。

不思議なことだが、水中では呼吸ができないのに、息苦しさも感じなかった。むしろ水中の完全な静寂の中で、心までもがシーンと静まりかえり、落ち着いて、水面の薄明るい濁り水の色を下から淡々と眺めていたような記憶が今も残っている。そのまま溺死したとしても何の苦痛も無かったことだろう。

ちなみに、武夫が大人になってから医学書で知ったことだが、水死には二つのタイプがあるという。一つは、気道内に水を吸引し、正常な呼吸を行うことができなくなり、空気を求め〝もがき〟ながら死に至るタイプ（溺死）。もう一つは、酸素飢餓感がなく、空気を求めて〝もがく〟こともなく、周りに気づかれずに静かに絶命してしまうタイプ（ノーパニック症候群）である。これによれば、武夫が溺れ死んだとすれば後者——ノーパニック症候群——だったことだろう。

もう一つ、大人になって考えたことだが、そのとき——ノーパニック症候群で水死する直前——の心境は「入滅（にゅうめつ）」というものに近かった。「入滅」とは、仏教用語で、サンスクリット語（古代インドの雅語、文章語。中国および日本では梵語（ぼんご）ともいう）の「Ｎｉｒｖａｎａ」の訳で、「煩悩の炎が吹き消えた状態、宗教的解放」を意味する。

5歳の子供が「入滅」の境地など分かるはずもないが、あのときの武夫の心境――水中の静寂の中、苦しみの無い状況――はまさに「入滅」という状態に近かったのではないか。

「何者」かが助けてくれた

記憶はそれだけではない。水に落ちた次の瞬間には、何者かが武夫に寄り添って来て、両脇を抱えて持ち上げて、ときどき水面に顔を出させて息継ぎができるようにしてくれた。何者かはさらに、手で水面をバシャバシャ叩（たた）いて水音を立て、武夫の声を真似て「助けてー」と叫んだ。

「何者」かは、「なんだか身も心も休まるような感じがする『何者』」、そして「何の違和感もなく、昔から近くにいたような『何者』」で、濁った水の中ではしかと視認することはできなかった。いずれにせよ、「何者」かがいたのは確かだ。

武夫は、そのまま流されていれば、数分で失神し、間違いなく溺死していたであろう。「武夫の強運は溺死を跳ね返した」――と言いたいところだが、実はその強運の正体は「『何者』

かの助け」に他ならなかった。

「何者かの助け」に加え、武夫の幸運は、橋の傍の田んぼの中で草取りをしていた竹林八郎さんという村の小父さんが、武夫が川に転落する際に発した「ドボーン」という音に続いて、バシャバシャという水音と「助けてー」という叫び声を聞きつけてくれたことだった。小父さんは偶然にも、武夫が墜落した橋からほど近い田んぼの中で草取りをしていたのだ。

小父さんは、年端もいかない武夫が一人で洗濯場の水の中で遊んでいたのを知っていて、気にかけてくれていたのかもしれない。また、遊び終えて橋の上で長靴を履こうとしている危なげな武夫の姿を見ていたのかもしれない。

小父さんは、武夫が川の中に転落する水音や「助けてー」という叫び声を聞き、田の草取りを中止して、すぐに田んぼのぬかるみに足を取られながらも川の土手まで駆けつけ、濁流に流されている武夫を見つけると、すぐに飛び込んで助けてくれたのだ。小父さんが武夫を見つけた場所は、武夫が幅4メートルほどの橋の下をくぐり抜けて、さらに20メートルほども流されたあたりだった。

不思議なことだが、武夫はほとんど水を飲んでおらず、意識もはっきりしていた。多分、川に転落して数分以内に助けられたからだろう。いずれにしても、武夫が助かったのは「何者」かのお陰だった。

もしも「何者」かの助けがなかったなら、5歳の少年は数分の後には意識を失い、遺体は濁流に流されて４００メートルほど下流の海に運ばれ、波に弄ばれながら沖に流されていたことだろう。

竹林の小父さんは、「凛子さーん、早よう来てくれんね。タケチャンが溺れるとこだったとばい」と大声で叫び、武夫の母を呼んだ。武夫の家は現場から１００メートルほどのところにあった。

事故の現場に駆けつけた母は武夫の無事を確認し、一安心した様子だった。母は武夫を抱きしめ頬ずりしながら「よかった、よかった、タケチャンが助かったのは、竹林の小父さんのお陰たい。八郎さん、武夫を助けてくれて本当に有難うございます。」と何度も小父さんに礼を言った。

一息つくと、竹林の小父さんが事故の顛末を母に話して聞かせた。母はそれを聞いて興奮気味に「タケチャン、福浦浜の海にはナデブカ（撫で鱶）がおるそうな。あんたが、溺れて海に流されていたら、ナデブカが近寄って来て、最初にヒレでそっと撫でるそうたい。そん後にガブリと噛みついて食べるとたい。あんたは、今頃はナデブカの腹の中にいたはずたい。ほんとに、助かって良かった、良かった。あんたの同級生の竹林長光君のお父さんは命の恩人たい」と言った。

武夫は自分でも理解できない不思議な体験について、母と竹林の小父さんにこう話した。「何かよう分からんばってん、何か知らんもんが水の中でボクを持ち上げて息継ぎをさせてくれたとよ。そして、『助けてー』とボクの代わりに叫んでくれたとよ」と言った。

すると、竹林の小父さんが「そういえばタケチャンが『助けてー』という声が聞こえたばい。溺れながらようあんな声が出せるものか、不思議たい。また、水をほとんど飲んどらんかったのもわけが分からんたい」と言った。

宇久島はガッパの名産地

後日、武夫の家では、武夫を助けてくれたのが「何者」であったのかが話題となった。農作業を終えた家族が大きな囲炉裏を囲んで夕食後の団らんのひとときに「何者」かについていろいろな話を交わした。「何者」かについて、武夫の家では「ガッパ(河童)に違いない」と決めつけていた。とはいえ、武夫を助けてくれた「何者」かと辻褄が合わないのは、家族が語るガッパは、いずれも人間に悪戯をする動物だということだった。

祖母のシマはこう言った。

「そいはな、ガッパたい。福浦村は名前の通り昔は深い入り江だったとたい。それを干拓して今のごつなったとよ。じゃけん、今も昔もこのあたりにはガッパがおるとたい。昔はうちのすぐ傍の田んぼのあたりまで海だったとよ。そのあたりには昔からガッパがおって、何人もの村人たちが見たもんたい。干拓後も福浦川の土手を移動する火の玉を見たもんもおるとよ。

ガッパにもタケチャンを助けてくれた〝良かガッパ〟もおれば、タケチャンを橋の上から突き落とした〝悪かガッパ〟もおるとよ。〝悪かガッパ〟のほうが多かけん、これから川や海や池で遊ぶときは気をつけんといかんね」

祖父の多四郎が引き継いだ。

「ジイジが神浦村役場の収入役のときのこと。その年の仕事納めの後、役場幹部の打ち上げ会でしたたかに飲んだとよ。そいで、相当に酔っぱらった。当時、島には電気もなかったけん、帰りの夜道は、西のほうに傾いた半月の光だけが頼りだった。

役場を出て、暗闇の中ば福浦村の自宅に向かって歩き始めたわけたい。幸いなことに、誰かは分からんばってん、ジイジの少し先を提灯（ちょうちん）を持った三人ほどの人たちが何か話しながら歩いておった。ジイジは酔っぱらって千鳥足でその提灯の後ばついて行ったとさ。

ヨタヨタしながらも、1時間ばっかしは歩いたろうか。ふと、前の提灯の灯りが消えてしまっておるのに気づいた。『前の人たちはどこに行ったとじゃろうか』とあたりを見回したが提灯は見つからんかった。少しばっかし酔いも覚めてきた。すると、前のほうから微（かす）かに潮騒が聞こえるではないか。『福浦の我が家への道から潮騒が聞こえるところは無かはずばってん、おかしかね』と思い、よく目を凝らして周囲を見るとそこは〝松蔵（まつぞう）がダッ（崖の方言）〟と呼ばれる20メートルほどの崖の手前だった。

夜目に透かして見ると崖の下には海が広がり、沖のほうには小値賀島（おぢかじま）や野崎島（のざきじま）の黒い影が見えた。ジイジがそのまま歩き続けておれば、崖から転落して一巻の終わりになっていたのは間違いなか。

ジイジはびっくりして、一気に酔いも覚めたとばい。そして『これはキツネかガッパに化かされた』と思った。気ば落ち着かせるために、その場で枯草の上に腰を下ろし、煙草を取り出してマッチで火をつけた。狐（きつね）もガッパも火ば怖がるけん、それが魔除（まよ）けになるという言い伝えがあったとば思い出したからだ。一服すると心も落ち着いてきた。周りをよく見ると福浦部落の方向とは大違いの海岸方向に歩いてきたことが分かった。暗闇の中、さっき前を歩いておった連中——キツネかガッパ——の気配ば感じたとばってん、奴らはそれ以上悪さはしなかった。ジイジは魔除けの煙草を吸い続けながら、海岸伝いに無事に家に帰ったとばい。やっぱり、あいつらはキツネかガッパだったたに違いなか。

後でふり返ってみると、役場を出て1キロ近くのところに県道と野良道に分岐するところがあるとばってん、ジイジはそこで前を歩く提灯に釣られて野良道に迷い込んでしまったのだろう。いずれにせよ、やっぱりガッパはおるとよ」

子供の〝尻子玉〟を抜くガッパ

今度は父の八平(はちへい)が話を引き取った。

「ガッパは子供の〝尻子玉〟ば抜くとよ。〝尻子玉〟とは人間の肛門の内にあるそうな。ガッパは、それば抜いて食べるそうたい。お父さんが小学3年の頃だったろうか、同じ村の山道(やまみち)さんの次男の清二郎(せいじろう)君——当時5歳——がガッパにやられたとばい。

その日は、暑い真夏のお昼頃のことだったよ。子供たちは毎日、福浦浜に海水浴に行ったもんたい。小学校の高学年は沖のほうの深かところで、低学年以下の子供たちはあまりうまくは泳げないので、腰よりも浅い砂浜の上で海水浴をしていた。田の草取りや大豆の収穫などの農作業が忙しい時期で、子供を見てやる余裕もなく、大人は誰もおらんかった。

もちろん、父さんも福浦浜に行っとったとよ。浅い海水の中を犬かきで泳いでいた。父さんは、一緒に泳いでいた一つ年長の一木（いちき）の徳松（とくまつ）兄ちゃんの水中メガネを着けてみたくなり、兄ちゃんに『水中メガネば貸してくれんね』と頼んだが、『いやだよー、お前なんかに貸すものかー』と断られたとさ。そして徳松兄ちゃんは父さんに意地悪して、近くにいた年下の清二郎君に貸したとよ。清二郎君は嬉（うれ）しそうに水中メガネをかけて遊んでいた。

お昼頃、村の子供たちは泳ぎ疲れて、砂浜に上がって一休みしていた。そのとき、清二郎君の兄の清一郎（せいいちろう）君が、弟がいないことに気づいて大騒ぎになったそうたい。皆で手分けして浜中を捜して回った。すぐに発見され、水の中から引き上げられたが、清二郎君はぐったりと死んだように見えたそうたい。

実は父さんは、村の子供たちが浜から上がった時点で、皆よりも一足先に自宅に戻っていたんだ。だから、溺れた清二郎君の捜索・発見などには立ち会っていない。父さんが自宅に戻ってしばらくすると、２００メートルほど離れた海辺のほうから子供たちの騒々しい声が聞こえてきて何か大事（おおごと）が起こったことを知った。騒ぎを聞きつけた村の大人たちも村や田畑から一斉に海のほうに駆けて行った。

間もなく、女の人の泣き声が聞こえ、大勢の大人と子供が海から戻ってくるのが見えた。村人は山道さんの家の庭に集まっていた。父さんも山道さんの家に行ってみるとそこには、ぐったりとなった清二郎君が藁（わら）で作った敷物の上に寝かされていた。清二郎君の両親が「せいじろー、せいじろー」と悲痛な叫び声を上げながら体中をさすっていた。

子供だった父さんにも、清二郎君が重篤であることが見て取れた。取り巻きの大人たちが小声で『清二郎君の肛門は開いておったなー。あれは尻子玉ばガッパに抜かれた証拠たい。残念かばってん、諦めんといかんかもしれんなー』と話しているのを聞いたもんたい。

村人が素焼きの甕（かめ）を持って来て、その中に村中の家の軒に残っている枯れた菖蒲（しょうぶ）を入れて燃やした。この菖蒲は、端午（たんご）の節句に軒に刺していたものだ。島の言い伝えでは、この菖蒲を燃やした火で温めた甕の上に溺れた人を腹ばいで乗せて、温めると蘇生（そせい）するのだという。

最後の手段として、清二郎君を菖蒲の火で温まった甕の上に腹ばいに乗せて、両親が体中を何度も何度もさすってあげたが、ついに蘇（よみがえ）らなかった。両親も村人も悲嘆にくれたがどうしようもなかった。子供の父さんにとっても身近な幼友達が目前で亡くなる様子を見るのはショッキングなことだったよ。

八方手を尽くしたのちに、清二郎君の死の現実が両親に受け入れられ、遺骸は自宅の座敷に安置された。父さんは家族と一緒に自宅に帰った後、シマばあちゃんと次のような言葉を交わした。

『八平、清二郎君には済まないが、あんたが無事でよかった。でも、死と隣り合わせだったのかもしれないね。八平は一足先に家に帰ってきたけど、泳いでいる間に何か変わったことはなかったとね。清二郎君はあなたたちの近くにいたはずよね』

『そういえば、ボクの近くで、清二郎君は一木の徳松兄ちゃんが貸してくれた水中眼鏡をかけて、砂の上に手をついて、泳ぐ真似をして嬉しそうに顔を水の中に沈めていたのを覚えている。あー、そうだ、そんときに人間の子供くらいの大きさでキュウリ色の影のようなものが、ボクと清二郎君の間を潜って通り過ぎたのを見たよ。村の子供の中の泳ぎの上手い子のようにも見えたが、ボクの感覚では人間には思えない魚のごたる泳ぎだったような気がする。村の男の子は皆がバリカンで丸坊主にしているけど、その緑色の影は女の子のように髪が長く、水の中でゆらゆら揺れていた。その不気味な影は、目の前を通り過ぎてしばらくすると、反転してきてボクのほうに近づいていきて、水の中に立っているボクの両足を撫でて通り過ぎて行った。その感触は何とも気色の悪いものだった。その感触は、魚のぬめりのようにヌルヌルしていた。触られた瞬間、口では言えないほどの恐ろしさを感じたよ』

『八平、それはきっとガッパだったんだよ。ガッパは初めはあんたば狙っていたのかもしれないね。そして、あんたの代わりに近くで眼鏡をつけて泳いでいた清二郎君を溺れさせたのだよ。きっと。』

『なぜ、ボクは難を逃れたのだろうか』

『荒神様が守ってくれたとたい。私がいつも言うだろう。海や川に釣りや泳ぎに行くときには、必ず竃のヘグラば眉間に頂いて行け、と。ヘグラをつけていれば、竃の荒神様の目が光っているから、ガッパを寄せつけないと昔から言われとるとたい』

『なるほど、ボクが家を出るときに荒神様の印であるヘグラをつけたので、ガッパがそれに恐れをなして、水の中に引きずり込むのをやめたのか!』

そのとき、父さんは心の底からシマばあちゃんのヘグラの話に納得したもんたい。父さんは、ガッパに溺死させられるかどうかの危うい瀬戸際に居たのだよ」

ガラス製の燗瓶から焼酎を猪口に注いでひと息に呷ったジイジの多四郎が、再びガッパの話を続けた。

ガッパと猟犬ベルの戦い

「小浜部落の柿本のサソイ（ジイジは佐宗次『さそうじ』という名前を『サソイ』となまって呼んでいた）は、ガッパなど『屁のカッパ』としか思わん剛の者たい。近隣の村で雉やカモば撃つ水平二連銃ば持っとるとは、大工のサソイだけたい。

真冬の寒い夕方、サソイは猟犬のベルば連れて、ガッパの出る池や田んぼに行くとさ。宇久島のカモは昼間は海の上で眠り、夜になると池や田んぼに飛んできて餌ば食べるとたい。海の上におれば天敵の鷹やイタチに襲われる心配が無かけんね。

ベルは島には滅多にいない洋犬のポインター種で、藪の中から雉を追い出してサソイに撃たせ、池の中に飛び込んでサソイが撃ったカモを咥えて運んでくる優れものたい。体格も日本犬より格段に大きく、喧嘩も島で一番強か犬たい。サソイが佐世保で手に入れ、子犬の頃から手塩にかけて育て、猟の訓練ばした名犬たい。

そのサソイがジイジに教えてくれたガッパの話ば聞かせるけんね。それは2月のある寒い夜のことで、サソイはベルば連れて、カモ猟に出かけたそうな。場所はタケチャンも知っとる城ヶ岳の麓の惣太郎池たい。池は30メートル四方ほどの広さで、周囲は開けていたが、一隅には2メートルほどの松の茂みがあり、サソイとベルが隠れるには好都合の場所だったとたい。出来の悪か猟犬は走り回ったり吠えたりするばってん、ベルは命じられたら『伏せ』の姿勢で、サソイの傍でジーッと動かなかった。

その日は月が出ていて湖面は見えやすかった。やがて10羽ほどのカモが飛んできたそうたい。カルガモとマガモが混じっていたそうな。カモたちは湖面に降りると『ガア、ガア』と騒ぎ立てた。サソイはカモが密集している真ん中ば狙って『ズドーン、ズドーン』と散弾銃を連射した。暗闇の中で銃口から噴出する火炎が辺りを照らし、轟音が夜のしじまを破り、周辺の山々に木霊が駆け巡った。3匹ほどに散弾が当たってバタバタもがいたが、他は一斉に飛んで逃げた。カモは馬鹿だから、しばらくすると舞い戻るので、サソイはベルに命じて獲物を回収させることなく、しばらく待つことにした。湖面でもがいていた3羽は間もなく静かになって浮いていた。すると、湖面に波が広がり、何者かがカモに近づいてきた。

何度も似たような経験があるサソイは、とっさに『こりゃガッパが獲物を横取りに来たな』と思った。サソイが『ベル行け！』と命ずるとベルはダッシュして池に飛び込んだ。ベルは極寒の中でも水に飛び込むのを厭わず、泳ぎが得意だった。ベルが獲物の場所に到着するとガッパとの戦いが始まった。ベルのうなり声と、ガッパの奇妙な絶叫が聞こえ、湖面に波しぶきが広がった。

サソイは煙草に火をつけて湖面に近寄った。ガッパは煙草の火ば嫌う。ベルとガッパの戦いはそれでも止まなかった。サソイはベルがいる場所を避けて、水平二連銃を一発『ズドーン』とぶっ放した。するど、さすがのガッパも水に潜って退散した。

ベルが1匹目の獲物を咥えて戻ってきたが、懐中電灯でベルの顔を照らしてみると、ガッパからやられた引っかき傷があった。ベルはさらに池に飛び込んで残りのカモを回収した。獲物はカルガモがオスとメス1羽ずつ、オスのマガモが1羽だった。マガモは尻子玉が抜かれ、腸などの内臓はガッパに食われていた。肛門を抜いて内臓を食うのはガッパのやり方なのだ。

サソイは『ベルよくやった！』と頭を撫でてやり、帰り支度をした。獲物をリュックに入れ背負った。湖面は静まりかえっており、ガッパの影はなかった。惣太郎池を後にして、麓の家に向かって松林の中の細道を急いだ。ガッパの習性を知り尽くしているサソイはガッパの影が林に隠れながら尾行しているのが分かった。ベルもそれを知っており、突然ガッパを目がけて走り出した。サソイはベルの後を追った。ベルは松の木の下で吠え立てた。

サソイが見上げると、子供くらいの大きさのガッパの黒い影が松の梢にいるのが確認できた。ガッパは泳ぎが得意なだけではなく、猿のように木にも登るのだ。サソイは銃を構えると、ガッパに狙いを定めて『ズドーン』と撃った。なんと、引き金を引く寸前にガッパは、猿まがいに隣の木に飛び移って逃げた。サソイは続けざまにガッパが逃げた方向に追い撃ちをしたが、手ごたえは無かった。

その後も執念深いガッパの気配は消えず、ベルは家に着くまでサソイの周辺を駆け回り、ガッパの接近を防いでくれた。長い夜道歩きの末、サソイとベルは無事に家に帰り着いたそうな。サソイはランプの光の下でリュックの中の獲物を確認した。すると、何ということか！　リュックの口は空いたままになっており、ガッパが手をつけていなかった2羽のカルガモも肛門を抜かれて内臓を食われてしまっていた。

サソイは『ガッパにやられた』と悔しがったが、いつの間にやられたのかは分からなかった。『こりゃガッパのほうが一枚上手だわい。カモの砂肝と心臓を刺身で食べようと楽しみにしておったとに』と笑いながら独り言を言ったそうな」

サソイ小父さんは武夫の母、凜子の父である徳平（武夫の祖父）の妹のトメの結婚相手で、武夫もよく知っていた。日本人離れした天狗のように突き出た赤い鼻の持ち主だった。武夫は、家で煙草の乾燥小屋を建てるとき、サソイ小父さんが1ヶ月ほど大工仕事をしてくれた際に慣れ親しんだ。島の大工は建築を依頼した施主から酒を振舞われる機会が多く、サソイ小父さんの顔は酒焼けしていたが、なかんずく天狗のような鼻は赤く染まっていた。

武夫はサソイ叔父さんが煙草の乾燥小屋を建てる大工仕事の様子を飽かず眺めていた。小父さんがアヒルの姿に似た墨壺の尻の部分から糸を伸ばしてピンと張り、それを摘まんで放すと木材に直線の印ができる。その線に沿って釿で削ったり、鉋をかけたりする姿が武夫の記憶に残っている。

ベルも子供の武夫には憧れの犬だった。ベルはポインター種の猟犬で、筋肉が引き締まった均整の取れた姿が優美だった。毛は短く、白の地色に橙色や黒の斑点が入っていた。鼻の色は魚の赤身のような色だった。いつも牙の間から長い舌を垂れて息をしていた。

犬と言えば、武夫は5歳の頃、福浦村の山口さんの家で、「チビ」という名の柴犬の雑種の頭を撫でようとして「ガブリ」と噛まれた痛い思い出がある。手にはしっかりと歯形がついていた。これがトラウマとなり、犬を怖がるようになった。島の犬はほとんどが日本犬の雑種で、人を見ると吠えたてた。だが、ベルは社交的で、誰にでも尻尾を振ってなついた。武夫もベルに対してだけは恐怖心を持たなかった。

それでいて、犬の間では一番強かった。ベルが来ると他の犬は尻尾を巻いて逃げた。残酷な話かもしれないが、当時、島では野良猫を犬に追わせて噛み殺させた。木に登った猫を竹竿で突き落とすと、ベルはまるでグローブでボールを受け止めるようにガブリと咥えて受け止め、数回左右に振り回すと猫は絶命した。今では考えられない、ありえない光景だった。

武夫は、小学校の低学年の頃は学校の宿題の絵は、いつもベルの雄姿やサソイ小父さんが雉を撃つ様子を描いたものだ。

武夫は76歳になる今、あの囲炉裏端で聞いた祖父母や父母のガッパに関する話を思い出し、そのセピア色の情景を思い浮かべると、なんだかとても懐かしい。

ポインターのベル。著者が小学校時代の絵

雉撃ちの絵。こちらも著者が小学校時代に描いたもの

ガッパとの再会

初めてのクサビ釣りで不思議な体験

溺れるところを助けてもらったガッパだったが、それからしばらくは直接関わることはなかった。ガッパに再会したのはそれから数年後で、武夫が小学校の3年生か4年生の頃、クサビ釣りに行ったときのことだった。

武夫の故郷・宇久島では魚のベラのことを「クサビ」と呼んだ。

余談だが、夏目漱石の『坊っちゃん』という小説の中に「ゴルキ」という魚が登場する。四国の中学校に赴任した坊ちゃんが、あるとき教頭の赤シャツから、あまり好きでもない釣りに誘われ、瀬戸内海に小船を漕(こ)ぎ出して、ターナー島の見えるあたりで魚を釣る場面がある。小学生の後半頃だったと思うが、武夫はこの小説を映画化したものを見た。坊ちゃんが乗る舟は、宇久島の伝馬船そのものだった。また、瀬戸内海の景色は宇久島のそれとそっくりで、仕掛けも餌も同じだった。そして、釣り上げられたゴルキという名の魚は、まさしくクサビにそっくりだった。武夫は、この映画を見て、「瀬戸内では、ベラのことをゴルキと呼ぶのだろう」と思った。

小説では、坊ちゃんがゴルキについて船頭から聞いた話として、「この小魚は骨が多くって、まずくって、とても食えないんだそうだ。ただ肥料（こやし）にはできるそうだ」と書いている。

武夫は、「漱石先生には申し訳ないがそれはウソだ」と思った。江戸っ子の漱石は英文学には詳しいが、魚のことについてはからっきしダメだったようだ。クサビは、宇久島の人なら誰でも好んで食べる大衆魚である。もちろん、五島近海は好漁場で、鯵（あじ）、鯖（さば）、鰯（いわし）などの大衆魚もたくさん獲（と）れるが、これらは大型の漁船や高価な漁網が必要で、誰にでも手に入るものではない。一般の島民が持っている小さな伝馬船で、手っ取り早く獲れる魚の代表としては、やはりクサビであった。


宇久島ではクサビは最高のご馳走で、武夫も本当に美味（うま）いと思っていた。料理法は、味噌汁、煮付け、干物や背切りなどがある。背切りとはクサビの鱗（うろこ）をはぎ、頭と内臓を除いた後、文字通り背骨ごと1センチほどの厚さに輪切りにし、これを酢味噌仕立ての膾（なます）にしたもので、キュウリをスライスしたものや紫蘇（しそ）の葉を刻んだものと一緒に和えた料理だ。クサビの味噌汁の味は天下一品で、鯛（たい）の汁よりも美味（おい）しい、と武夫は思った。

クサビは、春から秋にかけてよく釣れるが、特に梅雨の頃から暑い夏にかけてが最盛期である。宇久島の方言で、「チンチマンマニ、ボッポノシャ」という言葉がある。「チンチ」とは「美しいとか混じりけのない」という意味。「マンマ」は「ご飯」のこと。「チンチマンマ」とはすなわち「銀シャリ」のこと。「ボッポ」とは「お魚」の意。「シャ」は「おかず」を示す。従って、その言葉全体としては「お米のご飯にお魚のおかず」という意味になる。

田んぼの少ない宇久島では、お米は貴重品だった。また、海が近いとは言え、島の百姓にとって魚は簡単に手に入るものではなかった。それゆえ、「お米のご飯とお魚のおかず」は、島では大変なご馳走だったのだ。

お盆の頃になると村の男たちは「寄せ太鼓」の合図で自治会の役員の家に集まり、そこを出発点として、村中の家々を一軒残らず訪れ、仏壇に線香を上げ、手を合わせるのがしきたりだった。その後、訪問先からクサビ料理などを肴に芋焼酎をふるまわれるのがお決まりのコースだった。それゆえ、クサビは盆を迎えるための必需品だった。

だから、盆の直前になると、村の男たちは、田の草取りや大豆の収穫を止めてまでもクサビを釣りに行くのだった。クサビ釣りは餌獲りから始まる。餌はイソメ。このイソメを、灼熱の太陽を遮るもの無き真夏の炎天下の浜辺で掘るのは、重労働であった。

島では、イソメのことを「本ジャッ」と呼んだ。因みに、イソメより一回り小さいゴカイのことを「ジャッ」と称した。「本ジャッ」は海岸に住み、砂の中に深さ50センチほどの自分の体の形と同じ扁平(へんぺい)な穴を掘って住んでいる。潮が満ちている間は、砂の表面に頭を出し、流れ藻などの海藻を咥えて穴の中に引き込んで食べる。もちろん、潮が干いても地面近くの穴の中で食事を続けるが、人の足音などの震動が伝わると、急いで穴の奥に引きこもってしまう。

潮が干き始める頃合いに、村の男たちは「磯カギ」と呼ばれる木製の柄にL字型の鉄の爪をつけた穴掘りのための道具、湧き水や土砂を掻き出すための大型のアワビの貝殻、それに獲れた「本ジャッ」を入れる木製の手桶(ておけ)などを持って、浜辺に向かう。もちろん、岩の多いところを掘るときは、ツルハシも欠かせない。服装はねじり鉢巻きにフンドシと地下足袋。武夫も大人たちについて浜に行き、「本ジャッ」掘りの手伝いをした。

浜辺に着くと、まず「本ジャッ」の穴を探す。「本ジャッ」がたくさんいる場所は、海藻が砂浜に植え込まれたように巣穴に引き込まれているのですぐに分かる。この「本ジャッ」の穴がたくさんある場所を選んで、まずは体がスッポリ入るほどの大きさで、深さ50センチほどの穴を掘る。表面は白い砂でも掘り下げると次第に黒っぽい堆積土が混じるようになる。50センチ程度の穴を掘り終えると、次はこの深さを維持しつつ、穴の一番底の壁を磯カギで引っ掻きながら前のほうに掘り進む。

「本ジャッ」は、前にも述べたように、ほぼ垂直に掘った直径5ミリほどの扁平な巣穴の中に頭を上に向けて住んでいるので、礒カギで穴の底のほうを引っ掻かれると、ちょうど尻尾を突っつかれる格好になり、驚いて地表面に向かってグニュグニュと這い上がってくる。もし、掘り下げた穴の深さが不十分だった場合は、「本ジャッ」は胴体が礒カギで真っ二つに切断されてしまい、尻尾のほうだけは、下にもぐって逃げてしまう。

因みに、「本ジャッ」は頭が切られても下半身に再び頭が蘇生し再生する、と島では言われていた。頭から尻尾まで無傷の活きの良いものを獲るためには、十分に深い穴を掘り、その深さを維持しつつ前に掘り進む必要がある。しかし、海岸で穴を掘るとすぐに海水が湧き出てくるうえに、穴の砂壁は湧き水で崩れやすい。十分な深さを維持しつつ掘り進むためには、湧き水と崩れた砂壁をアワビの貝殻で素早く掻き出さなければならない。

湧き水を利用しつつ、穴の壁の底を礒カギで引っ掻いていくと、砂の壁の下部が侵食される格好となり、砂の表面のほうに這い上がろうとする「本ジャッ」を含んだ土砂の塊がドサッと崩れ落ちる。この土砂の塊を礒カギで砕いたり、水で溶かしたりして「本ジャッ」を探し出す。無傷のままの「本ジャッ」を捕らえるのはまれで、ほとんどは礒カギで胴を切られた〝傷物〟が多かった。

深い巣穴を掘っていて、いち早く底のほうに逃げおおせた幸運な奴もいた。もう少しで逃げおおせるところを、巣穴の深さが不十分なため、穴の底に頭部を隠しきれずにもがいている奴もいた。こんな奴を見つけると、すぐさま指で頭部を摑み、巣穴から引き出そうとする。哀れな逃亡者は、最大限に身を縮め、必死で巣穴の底のほうに逃れようとする。ムカデに似た無数の小さな足を扁平な巣穴の壁にかけ、まるで人間と綱引きでもするかのように身を縮めて、寸足らずの穴に逃げ込もうとするのだった。

逃亡者の味方は、湧き水と土砂崩れだった。人間と「本ジャッ」との「綱引き」のほんの30秒ほどの間にも、湧き水が溢れ、穴の底が土砂で埋まり、逃亡者の頭部がだんだん砂の底に沈んでいく。追っ手の人間も逃亡者の頭を握る指に力を入れ、懸命に磯カギで逃亡者の周りの砂を掘って引き出そうとする。双方の根競べ勝負だ。頭に近い胴体が切れて捕まる奴、しぶとく逃げおおせる奴、さまざまだった。

過酷な「本ジャッ」との格闘

真夏の灼熱の太陽の下での「本ジャッ」掘りは、湧き水と土砂崩れの中での「本ジャッ」との戦いで、村の大人たちにとって、まさしく重労働であった。狭い穴の中でしゃがみ込んで無理な姿勢で作業していると、腰が痛くなる。また、休みなく磯カギで土砂を掻いたり、アワビの貝殻で湧き水を掻き出したりするので、腕もだるくなる。黒い土砂を含んだ泥水を日焼けした顔や体に浴び、これが乾くと「泥パック」になる。指先が砂で擦り切れ、指紋が消えてツルツルになり、ひどい場合は血が滲(にじ)むことすらあった。爪もやられて先のほうがギザギザになった。

「本ジャッ」掘りはまさにこのような悪条件下での「本ジャッ」という生き物との格闘のようなものだった。だから、太くて活きの良い完全な形(無傷)の「本ジャッ」をものにしたときは、村の大人たちも満足げだった。

「本ジャッ」は、ドバミミズほどの太さだが、形は平べったい。頭のほうは、かなり筋肉質で固く、黒っぽい緑がかった色で、不気味な光沢があるが、胴体から尻尾のほうにかけてだんだん赤みを帯びている。もちろん、その色合いは、住んでいる海岸の砂質などによって微妙に変化する。

苦闘の末に掘り出した「本ジャッ」は、木製の手桶に入れて、その上に少々の砂と海藻を被(かぶ)せて持ち帰り、翌朝まで風通しの良い暗く涼しいところに保管しておく。こうしておけば、比較的鮮度を保つことができる。何しろ、クサビは贅沢で、弱って弾力が落ちたり、死んで腐りかけた「本ジャッ」に対しては、テキメンに喰(く)いが鈍るのだ。

武夫の父は障碍者だったので、村の男たちのように、自ら伝馬船を漕いで沖に釣りに行くようなことはなかった。クサビが旬の頃になると、村人が、武夫の家に少しずつ漁果を分けてくれた。武夫は子供心にも、何か引け目のようなものを感ぜずにはいられなかった。

小学校3年生の頃からだったろうか。お盆前日の早朝、村の小父さんたちにクサビ釣りに連れて行ってもらうようになった。武夫は、村の小父さんたちは、「本ジャッ」の入った手桶と釣り道具などを入れた磯籠（直径、深さとも50センチほどの竹編みの籠）を持って、一斉に浜に向かう。玄海灘（げんかいなだ）の水平線がわずかに白みかける朝まだき、武夫の母は「タケチャン、タケチャン、起きんね。皆釣りに行きよるばい。はよ起きんね」と起こしてくれた。武夫が釣りに行くたびに、母はずいぶん早くから起きて、身の周りのものを整え、朝食まで準備してくれていた。

武夫が、母の心の込もったジャガイモの味噌汁と半麦飯を大急ぎで食べ、釣り道具や雨具などを入れた磯籠を背に家を出ようとすると、母が「くれぐれも怪我せんごと注意せんね。荒神様の護（まも）ってくれるごと、竈のヘグラ（煤の意味の方言）ば眉間につけて行かんね」と引き止めるのが常だった。母は、村の小父さんたちに連れられて、漁に出る息子のことがいつも心配だったに違いない。

家から波止場までは400メートルほどだった。波止場とはいっても伝馬船用の簡単なものだ。まだ、星が残る薄暗い小道を、朝露を踏みながら小父さんたちの後を追った。雄鶏の時を告げる声がだんだん遠くなり、潮騒が近づいてくる。

波止場に着くと、小父さんたちは互いに挨拶したり、天気について語らいつつ、海岸に引き揚げていた伝馬船を海に下ろす作業にかかる。大人たちは協力して「スラ」と呼ばれる長さ2メートルほどの松の丸太を何本も平行に並べ、その上を舟を押して滑らせながら寄せ来る波の中に押し出すのだった。武夫は、母の義理の叔父に当たる早梅(はやうめ)の小父さん――武夫の母の叔母、菅子(すがこ)の夫――の伝馬船に乗せてもらうことが多かった。

さあ、いよいよ出発だ。櫓(ろ)を漕ぐには、子供の武夫では力不足なので、舫(もやい)を解いたり、船底に溜(た)まったアカ(漏水のことをそう呼んだ)の汲みだし等の雑用を引き受けた。子供心にも、「お荷物になるまい」という思いからだった。

家族の顔を思い浮かべてクサビを釣る

クサビの漁場は島の周囲のいたるところにあった。近くは、波止場から400〜500メートルほどの沿岸から、遠くは武夫の村――島の南側――から見て北西約4キロにある「船隠し」の近くにまで遠征した。

「船隠し」の名の由来はこうだ。平清盛の異母弟である平家盛が壇ノ浦の戦いに破れて海上に逃れ、宇久島近くで漂流していたところを海士に助けられたという。島民は平家盛が乗り捨てた船を、源氏勢の追っ手から見つからないように岩に囲まれた小さな入り江に隠したそうだ。この入り江はまるで天然のプールのようだった。島ではこの入江を「船隠し」と呼んでいる。因みに、家盛公の子孫はその後、宇久島を起点に五島一円まで勢力を拡大していったと伝えられる。島の古刹「東光寺」には、家盛公以下七代の墓がある。

「船隠し」の沖にはカモや海鵜などの水鳥の白っぽい糞で覆われた「鴨瀬」と呼ばれる岩礁があり、この周りが特にクサビ、カサゴ、カワハギ、イサキなどの好漁場だった。

「船隠し」まで遠征するときは「二挺櫓」、さらには「三挺櫓」と漕ぎ手を増やしてスピードアップを図った。

クサビは、夜は砂に潜って眠り、空が白む頃、砂の夜具から脱して、朝食を食べ始めるという。だから、いくら好漁場とはいっても、あまり遠すぎると、時間がかかり過ぎて、クサビの朝食の好機を逃がす恐れがある。朝食の時間帯が過ぎると途端に食いが鈍る。

クサビの釣り場として最適の場所は、砂地に海藻がモザイク状に生えているところである。こんな場所を、島では「シロン・クロン」と呼んだ。この呼び名は、文字通り、船の上から海底を眺めたとき、砂の白と海藻の黒い影が、斑模様をなしていることに由来している。もちろん、海底が岩場で海藻が多いところにもクサビは多いが、根がかりするので釣り場としては敬遠された。

参考までに、クサビ釣りの「外道」について紹介しよう。「アラカブ（カサゴ）」や「ゴベ（カワハギ）」のほか「ショヤンカカ」と「モンギャッ」がいた。

「ショヤンカカ」とは「庄屋の嬶(かかあ)」という意味の宇久島の方言（発音）である。この魚は、大きさはクサビと形は似ているが、色彩は地味で、味もクサビより一段落ちる。クサビを「美人」とすれば、さしずめ「ショヤンカカ」は「醜女(しこめ)」ということになろう。けだし、その昔、貧しい農民たちが小作料を取り立てる庄屋を憎み、腹いせにその庄屋夫人を件(くだん)の魚に見立てて、そう呼んだのかもしれない。村人はこの魚がかかると「チェッ」と舌打ちしたものだ。「モンギャッ」は、「ショヤンカカ」に似ているが、大きさが半分以下である。

話を船出のときに戻そう。武夫が乗せてもらった伝馬船は、二挺櫓で「船隠し」を目指した。三人の小父さんたちが交代で二挺の櫓を力一杯漕いだ。「ザーッ……ギーッ、ギッ」と櫓がきしむ音と波のざわめきと重なる。真夏とはいえ、ひんやりとした潮風が心地よい。

宇久島は、波が荒いことで有名な玄海灘の近くに位置することから、さすがに沖に出るとだんだんとうねりが大きくなってくる。小さな伝馬船は、波頭に持ち上げられたかと思う間もなく、波の谷間に沈む。船の舳先(へさき)が「ザブーン」と波をかぶり、しぶきが雨のように降ってきた。大きな波の谷間に船が滑り落ちていくとき、武夫は無性に怖くなり、両手で舷側(げんそく)の板を握り締め、両足をこわばらせたものだった。そんな武夫だったが、大人たちから〝お荷物〟に見られまいと、精一杯、平静を装うことに努めた。船酔いしても限界まで我慢した。が、ついに堪(こら)えきれずに、海の中に苦い胃液までも吐いた。酔い覚ましに冷たい潮水を手で掬(すく)って飲み、「もうなんともなか、良うなったばい」と強がってみせた。

　小一時間で「船隠し」の沖の「鴨瀬」の漁場に着いた。漁場に着くと、また武夫の出番だった。揺れる舳先に立って錨(いかり)を準備する。錨を下ろすポイントは漁の成果を左右するため、小父さんたちが長年の経験から細部位置を判断し、投錨(とうびょう)するタイミングを的確に武夫に指示してくれた。小父さんたちは、海底の様子や潮の流れはもとより、遠くに見える島の松の大木や沖の小島などと船との位置関係から、かなり正確に錨を下ろすポイントを判断していたようだ。

　小父さんから「ヨーイ」という声がかかる。武夫は全神経を小父さんの次の「レッコー」という合図に集中し、上下左右に揺れる舳先で、腰を落として錨を握り、下腹に力を入れて、足を踏ん張って待つ。

子供の武夫には、「レッコー」の合図の由来は知る由も無かったが、後で振り返って考えたときに「LET　US　GO」という英語が語源だと思った。田畑の少ない宇久島では、義務教育を終えると島を出て「手繰船」と呼ばれる底引き網漁船などの船員になる者も多かった。だから、漁船勤務を通じ、英語を語源とする船員用語が自然に村の小父さんたちの間に定着したのかもしれない。あるいは、徴兵で入隊した佐世保海軍教育隊がこの言葉のルーツかもしれない。

いずれにせよ、武夫は「レッコー」という小父さんの号令で、すかさず錨を海中に投げ込んだ。「ザブーン」という音とともに、全身にしぶきが降り注ぐ。錨綱が舟側に擦れて「ゴー」と音を立てながら海中に引き込まれていく。錨が海底に届くと、潮の早さを勘案して錨綱の長さを調整した後、綱を舳先の横木に「八の字」型に巻きつけて固定した。

いよいよ釣りだ。仕掛けは、道糸の下につけた鶏卵半分ほどの鉛の両側にちょうど「やじろべえ」の両手のように出た二本のナイロン糸に釣り針がついたものだった。道糸は、「カセ」と呼ばれる「井」の字型の木枠に巻かれていた。

小父さんたちの準備はさすがに手早く、早くも「本ジャッ」の餌をつけた仕掛けの鉛を「ジャボーン」と海中に放り込んでいる。武夫も遅れまいと、グニュグニュした餌を釣り針につけるのももどかしく、急いで鉛を海中に投げ込んだ。道糸をどんどん伸ばす。

鉛が海底に着くと、50センチほど引き揚げて、道糸を人差し指の先にかけて、仕掛けを上下に揺らして、クサビの当たりを待つ。鉛が海底に届いてから1分間ほどが勝負である。この間に魚信を感知できなかったら、もうすでにクサビは針から餌を失敬したものと思ったほうが良い。それゆえ、人差し指は、敏感な「センサー」でなければならない。潮の流れが速いと、道糸に潮流の振動が伝わり、魚信が分かりにくいものだ。

間もなく、武夫の人差し指に「コツ、コツ」という感じのアタリがあった。まぎれも無い本物のメッセージが一瞬のうちに指先から武夫の全身を突き抜ける。思考抜きで、本能的にこれに合わせグッと引っ張る。クサビが針にかかった確かな手ごたえが指先に伝わってくる。「釣れたよ、釣れたとよ」とおじさんたちに報告しながら、懸命に手繰り寄せる。心の中では「きっと大物だ。大物であってくれ」と念じていた。

手繰り寄せるのももどかしく、海中を覗き込む。コバルトブルーの神秘的な海の底は揺れ動く波で陽光が揺らめいており、故障したテレビを見ているようだ。

「まだ見えないのか」と懸命に手繰り寄せるうち、やがて底のほうから一片の朱色の花びらのようなものが舞うように上がってきた。そして、その花びらはだんだん魚の形に変じてくる。やっぱりクサビだ。

クサビは、水面近くまでは、すべてを諦めたように引き揚げられるが、水面に出る瞬間から最後の抵抗を試み、精一杯暴れる。真珠色で、虫ピンの先端のような小さな密生した歯を剥いて、鰓をいっぱいに膨らませ、顔を朱に染めて怒っている。そうかと思うと、その顔をよく見ると、つぶらな黒い瞳がおびえきっているようでもある。ときどき、「ビク、ビクッ」と胴を震わせたり、「バタ、バタッ」と尻尾で船の底板を叩いて、哀れな運命から逃れようともがくが、刻々と力が失われていく。

ぬめりのあるひんやりとした魚体を握り、釣り針から外して籠に放り込む。「タケチャン、ふとかとば釣ったね。」と小父さんたちが、褒めてくれた。してやったりとばかりに、武夫も白い歯を見せた。

小父さんたちは、さすがにどんどん釣り上げる。一度に「やじろべえ」の両手で2匹も釣り上げることもある。武夫も負けまいと頑張るが、小父さんたちの三分の一ほどのペースでしか釣れない。武夫は、クサビを1匹釣り上げるたびに「これはお母さんに食べてもらう分」、「これはお父さんのもの」、「これは小さいから静子ちゃん（妹）の魚」と心の中でつぶやき、すべての家族に最低限1匹あたりの魚を釣るのに懸命だった。

「何者」かの助けで大きな真鯛を釣り上げる

早梅の小父さんが「タケチャン、後30分ほどで釣りをやめて帰るけんね。一所懸命に釣れよ」と言った。そう言われても大人のようにはいかない。餌をつけて「やじろべえ」を放り込んだ。注意深くアタリを待っていると、突然、道糸が強力に引っ張られた。「これはクサビのアタリじゃない、もっと大物だ」と思った。周りの小父さんたちにもそれが分かったのか、早梅の小父さんが「何だか、大物のごたるけん慎重に上げろよ。あまり強く引くなら道糸ば伸ばしてやれ。小父さんが代わってやろうか」と言った。武夫は、自信はなかったが「いや、ボクがやってみる」と言った。

今度の魚は引きが強く、ほとんど上がってこなかった。もう諦めかけていたら、突然軽くなった。「おや、糸ば切られたごたるね」と小父さんたちが言った。武夫は、軽くなった糸を引き上げた。魚は釣れているはずもないと思いつつも、水面下を覗き続けた。すると、何やら影のようなものが少しずつ見えてきた。だんだん近くに見えるようになり、それは桜色をした大きな真鯛のように見えた。そんな大きな真鯛が逃げようと道糸を引っ張りもせずに、フワフワと浮かび上がってくる。よく見ると、その真鯛の下には子供のような「何者」かの影が鯛を頭上に差し上げて浮上してきているようだった。真鯛は「何者」かの手に頭と胴の部分を握られており、そのため金縛りにあったかのように、すっかり抵抗力が失せているようだった。

武夫はびっくりしたが、手を緩めずに道糸を引き上げ続けた。真鯛はついに船縁まで上がってきた。「何者」かは海面の上まで鯛を持ち上げたかと思うと、武夫が道糸を手繰るのに合わせて、ポイと舟の中に投げ込んでくれた。「何者」かに掴まれていた間は全く動かなかった鯛だが、その手を離れ舟板の上に放り投げられた瞬間から猛烈に暴れ始めた。

「何者」かは鯛を舟の中に投げ込んだ後、一瞬のことだが武夫と目を合わせた。武夫は恐怖と好奇心から「何者」かを凝視した。それまで聞いていたガッパの姿形とは違って、頭の皿もなければ、手の水かきもなかった。表情は人間そっくりだった。河童のような奇異な雰囲気はなく、なんとなく神々しいという印象だった。

ガッパは人懐っこいようで、潜って消える直前に武夫にウインクして、右手の人差し指を口に当て「俺のことは絶対に内緒だよ。秘密を守れよ」という合図のような仕草をした。そのとき、肩のあたりに二つの羽のようなものが見えた気がした。ガッパを見たことのない武夫は、「これがガッパの本当の姿か」と思った。

武夫はガッパとの再会で、驚きのあまりに放心状態になっていた。しかし、のたうち回る大鯛が武夫を現実に引き戻した。小父さんたちも突然大きな鯛が舟の上で暴れているのに気づき、「どぎゃんしたとね」と大いに驚いた様子だった。武夫の道糸が大物の魚によって切られたものと思い込んでいた小父さんたちは、舟の上で真鯛が暴れているのを見て信じられない様子だった。

「今まで、クサビ釣りに行って、こんなクサビ用の仕掛けで大鯛を釣り上げたのを見たのは初めてだよ。それも初めて釣りに参加した子供が釣るとは！」――などと、小父さんたちが口々に、驚きの言葉を述べた。

武夫は「何者」かが大鯛を海の底から運んできた様子を言おうかと思ったが、なんだか心が金縛りにあったようになり、しばらくは口がきけなかった。少し落ち着くと、武夫はあの「何者」かが、口に指を当てて「絶対に内緒だよ、秘密にしておけよ」という仕草をしたことを思い出した。武夫は子供心にも、このことは何だか重大なことだから軽はずみに他人に口にすべきではないと思うに至った。「ボクにとってもチンプンカンプンの不思議な出来事だ」――で通そうと心に誓った。

武夫は、福浦橋から川に落ちたときに救ってもらった「何者」かが、再び現れたことを心の中で厳粛に受け止めた。衝撃的な出来事の直後だったが、「ボクには常に『何者』かが憑いていて、助けてくれるのだ」――という思いが徐々に強くなったような気がした。この時点で、武夫は「何者」かはガッパに違いないと信じていた。

日が高く昇る頃になると、クサビの喰いがぱたりと止まった。「そろそろ戻ろうかい」と一人の小父さんが言うと、皆それぞれ釣り具をしまい込み、帰り仕度を始めた。煙草を一服する小父さんもいる。

帰り際の武夫の仕事は、錨の引き揚げだった。今度は合図抜きで、投錨のときと同様に舳で両足を踏ん張って懸命に引き揚げる。錨網から潮水が滴り落ちて、陽に熱せられた両足を冷やしてくれ、心地よかった。錨は幾分海底の砂に埋もれていて、当初引き抜くときはとても重かったが、底を離れると海水の浮力が手伝ってか少し軽くなり、そして水面から出ると、再びずしりと重たく感じた。ちょうど疲れがピークに来る頃、錨が水面から出る。背筋は痺れ、腕と指の力が萎えてしまうが、渾身の力を振り絞って船の上に引き揚げた。今度は、ガッパの応援なしに自力で達成できた。

釣果は小父さんたちに及ばなかったが、大鯛は最高のプレゼントだった。また、クサビのほうも一応、家族の分が釣れたという満足感があった。小父さんたちは、武夫のクサビが少ないのを見て、自分たちが釣ったものの一部を分けてくれようとしたが、武夫は頑なに拒んだ。
　小父さんたちは櫓を漕ぎ出す。五島列島の太陽は、ギラギラと波動のように肌を焦がす。武夫にとって帰りの船の揺れはなんだか心地良く、船酔いもなかった。武夫は小父さんたちに交じって船に乗っていると、一人前の大人になったようで、何だか誇らしい気持ちになった。さらに、ガッパが再び目の前に姿を現し、大鯛をプレゼントしてくれたことは、この上なく有難く、密(ひそ)かな喜びであった。

　波止場に着く頃は、もう昼に近かった。武夫は重い籠を背負って、母の待つ家路を急いだ。小道は、朝露も消え、ギラギラの太陽の日差しで熱く焼けており、草履を通してそれが足裏に伝わった。沿道では「ギーッ、ギーッ」とキリギリスたちの大合唱。ギラギラの太陽もキリギリスたちの大合唱も、大鯛とクサビの入った籠を背負った武夫には、自分を祝福してくれているかのように感じられたものだ。

高麗島の伝説——ガッパとの初冒険

お地蔵さんのお告げ通りに沈んだ島

武夫が小学校の6年生の頃だったろうか、冬のある日、家族は囲炉裏を囲んで夕食をとりながら団らんのひとときを過ごした。祖母のシマが高麗島に関わる伝説を話してくれた。

「むかしむかし、宇久島から約10里（40キロ）西のほうに高麗島というちょんまか（小さな）島のあったそうな。宇久島や小値賀島と同じようにたくさんの人たちが農業や漁業ばして暮らしておった。

高麗島の人々も信心深く、島にはたくさんのお地蔵様や観音様ば祀っておったそうたい。菩薩様の石像であるお地蔵様は、苦しいときも悲しいときも、常に島の人たちとともにいてくださり、教え導いてくださる有難かもんだった。島の人たちは朝な夕な農作業や漁労の行き帰りにお地蔵様や観音様に向かって手を合わせ拝んでいたそうな。

信心深い高麗島の人たちの中でもひときわ信仰心の厚い若者がおった。若者の名前は清太夫といった。家の近くにある一体のお地蔵様に花や水を捧げて朝晩のお参りを欠かしたことがなく、日々感謝の祈りを唱えておった。清太夫は若いにもかかわらず、なかなかの人格者で、島の人たちから信頼され、人望があった。

ある夜、このお地蔵様が清太夫の夢枕に立ってこう言ったそうだ。

『この島の人たちは信心深いが、清太夫、お前は格別そうだ。そんなおまえに告げ知らせておきたいことがある。いいか、清太夫。私の顔色が赤い色に変わったときは、この島で大事が起こる兆(きざ)しなのだということをしっかりと心に刻んでおけよ。常日頃からそのことを肝に銘じ、もしも私の顔色が赤い色に変わったときは、財産など投げ打って、一刻を争って船に乗って島から逃げよ。私は、島民の中で一番信仰心の深いおまえ、清太夫を選んでこのことを告げ知らせるのだ』

夢から覚めた清太夫はお地蔵様のお告げにすっかり驚き、ちょっとでも早く島の皆に知らせねばと思い、飛び起きた。そして早朝から島中を駆け回り、村々を訪ねて、お地蔵様のお告げば熱心に触れて回ったそうな。島民の多くは清太夫の日頃から真面目で誠実な人柄を信じておったけん、お地蔵様のお告げば心から信じ、『清太夫の言う通り、お地蔵様の顔が赤い色に変わったときは、何はさておき、すぐに逃げよう』と申し合うたそうな。

ばってん、村人の中にゃ『清太夫は気が触れたのじゃなかとか』と言う者や、『バカも休み休み言え。人騒がせな清太夫め』と全く受けつけない人たちも結構いたそうな。

中でも清太夫と同い歳の茂平(もへい)は、清太夫が島民から好かれ、人気があることが気に入らず、日頃から妬(ねた)んでおった。その夜、茂平とその仲間は焼酎を飲みながら、清太夫の悪口を並べ立てた。話がだんだん盛り上がって行くうちに、茂平はいたずらを思いついた。茂平は『ようし、清太夫が夢の中で、お地蔵様がお告げを受けたと言うておることがヘッパッ（ウソ）であることを暴いてやるぞ』と叫んだ。

茂平は酒の勢いも借りて、『清太夫のバカめ。今に見てろ。島中のお地蔵様の顔を赤く塗ってやろうじゃないか。俺の家の近くの崖で採れる赤い土を水に溶いて、皆で手分けして島中のお地蔵様の顔に塗ってやろうじゃないか」と仲間にけしかけた。こうやって、一夜のうちに全島のお地蔵様の顔は真っ赤に塗りつぶされてしまった。

翌朝、お地蔵様を拝もうとした清太夫や島民たちはびっくり仰天し、上を下への大騒ぎとなった。清太夫の呼びかけで、お地蔵様のお告げを信じる多くの島民は、取るものも取り敢(あ)えず舟に乗って島から逃げ出し始めた。しかし、島民の中にはお地蔵様のお告げを信じ切れず、島に残った者もいたという。中でもお地蔵様を欺く悪巧みを仕掛けた茂平一味は島から逃げる人たちの慌てぶりを冷ややかに眺めながら、「バカ者たちが。今に見ていろ、清太夫の信用を台無しにして見せるぞ」と嘯いておったそうな。

島民の多くが島を離れると、やがて一天にわかにかき曇り、雷鳴とどろき、猛烈な風が吹き、地鳴りがして島が揺れ始めた。多くの民家は倒壊して燃え始めた。しばらくすると、何と何と、島が沈み始めたではないか。

茂平をはじめ、島に残っていた人たちは恐怖のどん底に突き落とされたが、こうなっては為す術もなく右往左往して逃げ惑った。島はどんどん沈んでいき、一夜のうちに海中に姿を消してしまった。もちろん、茂平たち人間のみならず、牛、馬、犬や猫など生き物もすべてが海の中に飲み込まれていったのだった。

清太夫をはじめ、島を逃れた一行は、波のまにまに漂いながら、宇久島、小値賀島、中通島、若松島、奈留島、久賀島など近くの島の浜辺にたどり着いた。それぞれの島民が親切に助けてくれた。避難当時、桶や壺に入れて持ってきた水は「コーライ水」と言われている。宇久島をはじめ、これらの島々には、それぞれの高麗島伝説が残っているとたい。

高麗島のあったところは、今では『コーライ曽根』と呼ばれる浅瀬で、アワビやサザエやいろいろな魚が住み着く格好の漁場になっとるとたい。『コーライ曽根』で釣りをすれば、今も牡蠣殻のこびりついた茶碗や皿などの陶器類ば釣り上げることがあるそうたい。

バアバが子供の頃聞いた話では、宇久島の北側にある野方部落には、その昔、高麗島から牛が泳いできて住み着いたと言われとる。その牛の子孫は高麗島があった方角から風が吹くと、懐かしそうにその方向に鼻を向けるそうたい。また小値賀島には、高麗島のお寺にあった経文を書いた巻物が流れ着いたそうで、それば浄善寺（じょうぜんじ）というお寺に納めたという話もあるそうじゃ」

武夫は祖母の話を聞いて強い衝撃を受けた。「島という大地でさえも海中に沈むことがあるのか！」と。お地蔵様が、お告げを信じた人は生き残らせ、信じない人を海中に沈めて殺したという話は大変ショックだった。「お地蔵様が人を分け隔てして、殺すのか？　厳しいなあ。厳し過ぎるんじゃないか」という思いだった。そんな思いを抱きながら床に就いた。

「ミカエル」という名のガッパ

その夜、ガッパが夢枕に立った。実は、それは夢だったのか現実だったのか、今でも武夫には分からない。気がつくとあの大鯛を釣ったときに見た姿形のガッパがいた。「これはお化けかもしれんぞ」と疑った。ところが下のほうを見ると足があり、サンダルのようなものを履いていた。裸ではなく白い衣をまとっていた。頭の上には皿などはなく、長い金髪だった。

背には小さな羽のようなものも見えた。日本人離れしていて、宇久島に雉撃ちに来る白人のアメリカ兵に似ていて、高い鼻が目立った。男のようでもあり女のような優しさも感じられた。「これがガッパなのか？　今まで聞いていたイメージとは違う」というのが、武夫の偽らざる印象だった。

ガッパは口を開いた。

「タケチャン久しぶりだね。あのクサビ釣り以来だね」

武夫はガッパの姿を間近に見、人の言葉で直接話しかけられて驚いたが、なぜか恐怖は感じなかった。武夫は比較的に落ち着いてガッパと言葉を交わした。

「お久しぶりです。福浦川で溺れかけたときに助けていただき、また、クサビ釣りでは大鯛を釣らせていただき有難うございます」

「マイ、プレジャー」

「？？　今、何と言いましたか」

「英語で『マイ、プレジャー』と言ったんだよ。『それは、私の喜びです』という意味だよ」

「英語？」

「そう、英語だよ。タケチャンも中学校に入れば習えるよ」

「へー。ガッパは英語も日本語も喋るんだ。英語は佐世保から雉撃ちに来たアメリカの兵隊さんに習ったのかい」

「ふ、ふ、ふ、ふ」

ガッパは、笑うだけで必要以上には自分のことを明かさなかった。

「それにしても君は、ボクが今まで聞いていたガッパの姿とはずいぶん違うね。また、英語を話すとは驚きだ」

「そうかい、そうかい。少し驚かせて済まないね」

「少しじゃないよ。いっぴゃこっぴゃ(『いっぱい』という意味の宇久島の方言)驚かされたよ」

「それは悪かった。ごめん」

「あんたは、何者かい。本当にガッパだな」

「ふ、ふ、ふ、ふ、ふ」

「名前は何というんだ」

「ミカエル」

「???　ミカエリだって?」

「いや、ミカエルだ。最後が『リ』じゃなくて『ル』だよ」

武夫は聖書やキリスト教についての知識が全く無かった。

「そげんな名前は今まで聞いたことなか。どがん書くとね」

「タケチャンは『振り返る』という言葉の意味を知っているだろう。それと同じ意味の日本語『見返る』と書くんだ。いつも君を『見返って』いるんだよ」

「ほんなこて、あんた、ミカエルはボクにとっては有難かガッパたい。ミカエルはひょっとして、西洋から来たガッパかい」

「ふ、ふ、ふ、ふ、ふ」

「ところでミカエル、君はどうしてこんな真夜中にボクのところに来たのかい」

「タケチャンが、シマおばあちゃんから聞いた高麗島の伝説にえらく興味を持ったみたいだったから、その場所に冒険に連れて行ってやろうと思って来たんだ」

「そりゃ面白かね。行ってみたか。ばってん、どぎゃんしてこの寒い真夜中に高麗島に行くとかね」

「私についてくればいい。何も心配はない」

「そいじゃ行くよ。お母さんに言うてから出かけよう」

「お母さんは心配するから言わなくていいよ。それどころか、これからも私のことは一切誰にも言わないようにしてほしい。もし、タケチャンが私のことを他人に告げたらもう二度と会えなくなるからね。前回、クサビ釣りのときに私がタケチャンの前で口に人差し指を当てて『内緒にしてくれ』と言ったら、君はそれを守ってくれた。だから、今夜もこうして君に会えるのだ」

「ミカエル、分かったよ。これはミカエルとボクだけの秘密にしよう」

武夫は右手の小指を出してミカエルの小指と結び、「指切りげんまん嘘ついたら針千本飲ます」ではなく、「指切りげんまんミカエルのこと言ったらもう二度と会えない」と約束した。


こうして、武夫はミカエルと一緒に高麗島に行くことになった。外に出ると寒風が肌を刺した。しかし、不思議なことに、ミカエルと一緒に夜道を歩いていると体がポカポカと温かくなってきた。ミカエルの体はボーッと白く光っており、夜道も迷うことがなかった。ほどなく海岸に着いた。海は波立っていた。武夫はクサビ釣り用の伝馬船を使って高麗島に行くのかと思ったが、ミカエルは伝馬船置き場を素通りして浜に向かい、波打ち際に近づいていった。武夫は不安になって聞いた。

「高麗島は宇久島から40キロくらいも遠いところにあると聞いたとばってん、船では行かんとね」

「大丈夫、ついて来なさい」

ミカエルは波打ち際まで来たが、立ち止まらなかった。そのまま海の中に入っていった。武夫は不安になった。

「ミカエル、お前はガッパだが、ボクは人間たい。ボクはこんな寒い海の中に入れないよ。お前は、この前はボクを助けたが、今度は溺れさせて殺す気なのかい。ボクは海に入るのは嫌だよ」

ミカエルは立ち止まって武夫を見た。

ミカエルは「タケチャン、なぜ怖がるの。私を信用しなさい」と言って、右手を沖のほうに向けて突き出した。すると不思議や不思議、風がおさまり、波が穏やかになった。ミカエルは武夫を見つめながら手招きした。武夫は恐怖心も無くなりミカエルのほうに歩き出し、海の中に入っていった。

浜は砂地で遠浅だったが、徐々に膝、腰、胴、胸と水に浸かっていった。ミカエルはすでに海水に浮いていた。武夫はたまらず「ミカエル、もうすぐ背が立たなくなるよ。ボクは泳ぎは苦手なんだ。このままでは溺れるよ」と叫んだ。

ミカエルはスイスイと水の上を滑るように近づいてきて武夫の傍に来て手を取った。そして静かに引っ張った。すると武夫の体はまるでイスラエルの死海の水に浮くように軽々と自然に浮いた。

「さあ出発だ」とミカエルは言って沖に向かって進み始めた。武夫もミカエルに続いて泳ぎ始めた。手をわずかに掻き、足先を上下に動かすだけで、海の上を物凄(ものすご)いスピードで滑るように進んだ。武夫は、イルカかトビウオになったような気がした。不思議なことに、全く寒くなかった。

「さあ潜ってみよう」とミカエルが言った。「ボクは潜れないよ」と言ったが、ミカエルは武夫の手を引っ張って水中に引き込んだ。武夫はまるで鰓呼吸をしているかのように、息継ぎをする必要もなく楽に海の中を進むことができた。

海水の上層部には鰤(ぶり)などの魚が泳いでいた。海底近くまで潜ると海藻が生い茂り、鯛やヒラメなどがいっぱい舞っていた。「君はボクを竜宮城に連れて行くんじゃないか。ボクはまだお爺(じい)さんにはなりたくないよ」と武夫はミカエルをからかった。

ミカエルは「高麗島は遠い。道草せずに、もっとスピードを出そう」と言った。〝二人〟は海面に出て速度を上げた。武夫はいつの間にか、イルカかトビウオになったように海上を滑走していた。「ミカエル、ボクはオリンピックの水泳で世界新記録を出せるぞ。メルボルンオリンピックの200メートル平泳ぎで優勝した古川勝選手よりも速かよ」と武夫は叫んだ。

武夫たちは、小値賀島と野崎島の間の海を西に進んだ。しばらくするとミカエルがスピードを落としはじめた。「コーライ曽根」が近づいたのだ。

「ここが『コーライ曽根』だ」とミカエルが言った。海底を覗くと、水深は3～4メートルで、夜なのに、水の中は明るかった。海底には四角い石が点在していた。これらの石は石材として切り出されたものがそこに放置されているようにも見えた。四角い石のほかに自然石と思われる丸い石も転がっていた。

「よーし、これから『コーライ曽根』探検だ。さあ行くぞ」と言って、ミカエルが潜り、武夫もそれに続いた。海底に着くと石垣らしいものが見えた。そこに近づいていくと急に大きな鮫(さめ)が数匹近づいてきた。

「おお、怖い！　ミカエル、あれは母が人間を食うと教えてくれたナデブカ(撫で鱶)のようだ。逃げようよ」と言って、岩の陰に隠れようとした。

ミカエルは「大丈夫だよ」と言って、鮫のほうに右手を差し出した。すると、鮫はUターンして逃げて行った。武夫はその様子を見て「ミカエルというガッパの神通力は凄い！」と感嘆した。

「コーライ曽根」は長い間に海流に洗われて風化し、昔の痕跡はほとんど留(とど)めていなかった。

「ミカエル、もう昔の面影はほとんど無かね。ただの岩礁になってしまっている」と武夫が言うと、ミカエルは「それでは昔の様子を見せてやろう」と言った。

成仏できないままの茂平に会う

ミカエルが右手で曇りガラスを拭くような仕草をすると、海の底に水没前の高麗島が現れた。よーく見ると、そこには小さな村があった。島が沈んだ当時お地蔵様のお告げをめぐって騒動があった清太夫と茂平たちが住んでいた村のようだった。道端に一人の男が石の上に腰かけてキセルに詰めた煙草を吸っていた。ミカエルと武夫はその男に近づいた。ミカエルがその男に声をかけた。

「あなたがお地蔵様の顔に赤い泥を塗った茂平さんだね」

「そうだよ。俺が茂平だ。あんたたちは誰だい」

「遠い国から訪ねてきた旅人だよ」とミカエルは答えた。

「俺は、島が沈んで以来こうしてここに残ったままでいるのさ。成仏できなくて、というよりも、仏様が成仏させてくれないからさ」と茂平は不平を言った。

「そうか。成仏せずにここにいるのは辛(つら)いかい」

「辛いさ。何の変哲もなく、じっと一人でここにいるのは寂しくて辛い。忍耐の限界だ」

ミカエルに代わって武夫が茂平に訊ねた。

「お地蔵様の顔に泥を塗ったことは悪いとは思っているのかい」

「一応悪いとは思っている。でもあれは少し度が過ぎた悪戯じゃないか。そんなことで島を沈め、島民を殺していたら、日本中の、いや世界中の大陸も島々も海中に没し、人類は絶滅しているはずだぜ。あまりに酷すぎる。お地蔵様は『怒りと裁き』のお方とは夢にも思わなかった。一寸の虫の命をも慈しみ憐れんでくださるお方だと思っていたよ。俺は反省してはいるが、心からは納得していないぜ」

ミカエルが言った。

「お地蔵様は島の人たちが信仰を通じて人と人との間に良い関係を築くことを求めていたのです。他人の陰口や中傷をすることを戒め、他人を愛し、尊び、生かすことをお地蔵様は求めていたのです。島の人たちは妬みあい、憎しみあうことをやめるべきでした」

「でも、それだからと言って高麗島を海中に沈め、お告げを信じなかった人々を皆殺しにするのはあまりにも惨いことではないか」と茂平は反論した。ミカエルが厳かに茂平に言った。

「遠い昔の異国のことだが、こんな話もある。ロトという人の家族——妻と二人の娘——がソドムと呼ばれる町に移り住んだ。ソドムは土地が肥沃で栄華を極めていた。だが、ソドムの住民は神様の意に反し高慢で、食物に飽き、安閑と暮らしていながら、貧しい者、乏しい者を助けようとしなかった。よそ者であるロト一家に対しても乱暴狼藉を働こうとした。

こんなソドムの人々を神様はお許しにならなかった。神様は二人の御使いをロトのもとに差し向けて、間もなくソドムを滅亡させることを告げ、妻と二人の娘を連れてすみやかに脱出するように警告した。二人の御使いはロトの家族の手を取ってソドムから連れ出した。御使いはロトの家族に『後ろを振り返って見てはならない』と命じた。

その後で、神様は硫黄と火とを天からソドムに降らせ、町の建物すべて焼き尽くし、住民すべてを滅ぼされた。その凄まじい破壊の様子が爆発音になって聞こえてきた。御使いが『後ろを振り返って見てはならない』と戒めていたのに、ロトの妻は思わず後ろを振り向いてしまった。すると、妻は一瞬のうちに塩の柱になった。神様の戒めを破ったものに対する厳粛な裁きだった。

この遠い昔の異国の例のように、仏様や神様の裁きは人間の常識では考えられないほど峻厳なものなのである。高麗島ではお地蔵様のお告げに従った多くの人たちが助けられたが、ソドムの場合は全市民が焼き殺され、わずかによそ者のロトの家族三人だけが助けられた。高麗島の場合がまだましだと言えるのではないか」

茂平は、このミカエルの言葉に沈黙した。武夫は唖然としてミカエルを見つめていた。

ミカエルが話した遠い昔の異国の神罰の物語など武夫は聞いたこともなかった。武夫はそれまで、ミカエルは宇久島の川や海に住むただの田舎のガッパだと思っていたが、その超能力と博識に圧倒されてしまった。武夫はこのときからガッパのミカエルを心から尊敬するようになった。

「さあタケチャン、探検は終わりだ。そろそろ帰ろう」とミカエルが言った。ミカエルが右手でカーテンを閉じるような仕草をすると、茂平も高麗島の村の景色もフッと消え失せ、再び元の「コーライ曽根」に戻った。

武夫は、ミカエルがまるで魔法を使うように水没したはずの島のその後を再現させ、そして再び消し去ったのを見て、「ミカエルはタダのガッパではないな。スーパーガッパだ！」と思ったものだ。

「来るときは、野崎島と小値賀島の間を通ったが、帰りは小値賀島の東側を通って帰ろう」。ミカエルはそう言うと海底を蹴って海面に浮上し、猛スピードで宇久島を目指して海面を滑走し始めた。武夫もイルカやトビウオのようなスピードでミカエルの後を追った。

間もなく福浦の浜辺に着いた。浜は引き潮で砂浜が広がっていた。武夫は砂浜に上がって少し歩くと眠くなってきた。「ミカエル、ボクはとても眠くなったよ。砂浜でこのまま眠らせてくれ」と言うと、ミカエルは傍に来て「私におんぶされなよ」といった。

武夫はミカエルの背中におぶられたところまでは覚えているが、その後、家に戻るまでのことは全く記憶がなかった。

「タケチャン、学校に遅れるよ。早う起きんね」という母の声で目が覚めた。

「あんたは寝汗をかいたうえに、6年生になるというのに寝小便をするなんて驚いたよ」と母は心配そうに言った。

武夫は母の言葉でミカエルとの高麗島探検のことを思い出した。あれは現実だったのか？　夢だったのか？　朝起きてみると判然とはしなかった。

母が怪訝そうに「タケチャンの枕元に、古か茶碗があったとよ。牡蠣殻のついとるけん、長いこと海の中にあったものじゃろう。あんたが拾うて来たのね」と言った。それを聞いて、武夫はミカエルとの高麗島探検が現実だったことを確信した。その茶碗は、きっとミカエルが「コーライ曽根」から拾ってきてお土産に枕元に置いてくれたものだろうと思った。

だが、ミカエルとの固い約束を守るために、母には本当のことが言えなかった。

三浦神社の大ソテツにまつわる悲恋物語

島を出て佐世保での高校生活が始まる

武夫は島の神浦中学校を卒業し、佐世保北高校に進学することになった。島を出るとき、母や二人の祖母――父方のシマばあちゃんと母方の弥津(ミツ)ばあちゃん――などが見送りに来てくれた。船には中学校を卒業して本土に集団就職する大勢のクラスメートもいて、見送りの人たちも普段よりは大勢集まっていた。

武夫はふと、ミカエルのことが思い出された。ミカエルともお別れかと思った。ミカエルは確か「いつも君を『見返って』いるんだよ」と言ったことを思い出した。ふとミカエルが近くにいるのではないかと思って見回したが姿はなかった。

いよいよ宇久島との別れの時が来た。「蛍の光」のメロディーが若潮丸(わかしおまる)の船内放送で流される中、送る家族たちも送られる子供たちも泣いていた。別れのテープが手から離れる瞬間、16歳そこそこの子供たちは集団就職の雇われ先で他人の〝飯を食う〟立場になり、否応もなく自立を迫られることを理解しており、皆が心細さに苛まれていた。

武夫は、この旅立ちが宇久島との事実上の別れであり、人生のドラマの始まりであることを子供心にも予感した。母と二人の祖母が波止場で手を振る姿が見えなくなるまで、武夫はデッキに立ち尽くした。

宇久島と繋がる若潮丸の航跡が、糸のようにだんだん細くなっていく。ふと見ると、船に並行して数頭のイルカが泳いでいた。「おや、イルカまで見送ってくれるのか」と武夫は思った。イルカの群れをよく見ると、何と一頭だけ白いのがいた。「白いイルカなんて初めてだなあ」と思った。

武夫はハタと気づいた。よく見ると、その白イルカに見えるものは実はガッパのミカエルではないか。高麗島探検のときに一緒に泳いだミカエルの姿そのものだった。

武夫はミカエルが約束を守って一緒に佐世保に向かっていることに感動し、心強く思った。ミカエルはしばらく船と並行して泳いでいたが潜って姿を消した。人目につくのを避けたのだろうか。

宇久島に比べ、大都市である佐世保市での高校生活が始まった。武夫は石坂町という名前の通りの坂の町にある野口さんという人の家に下宿した。野口さん夫婦はとても親切な人たちで、武夫を自分の子供のように親切に、大事にしてくれた。

佐世保北高校は進学校で、長崎県北部の優秀な子供たちが集まっていた。宇久島では一番の成績だった武夫だが、北高では武夫よりもはるかにできるクラスメートがいた。勉強に追われる毎日だったが、武夫はいつもミカエルのことを想っていた。つい孤独になりがちだったが、「宇久島出身のガッパのミカエルが近くにいてくれる」と思うだけで、心細さが半減した。

「ミカエルはどこにいるのだろう。どんなところに住み暮らしているのだろうか。スーパーガッパのことだ、衣食住の心配など『屁の河童』だろう」と楽観した。だが一方で、「ガッパのミカエルは水が必要だからきっと海の中にいるはずだ。船が多い佐世保港は危ないな。海上自衛隊や米海軍の軍艦、客船、漁船などがひしめき合う中、ミカエルはスクリューで切断される恐れがあるな」と、少々心配もした。水のある場所としては、佐世保川もあるが、宇久島の川と違い汚染されてドブのような状態だった。豚骨を砕いてスープを煮出した後の骨の屑(くず)が、まるで白砂のように川のあちこちに捨てられていた。「こんな汚いところにはミカエルは住めないな」と思った。いずれにせよ、ミカエルは武夫との約束を守り、健気(けなげ)にこの佐世保の何処(どこ)かで暮らしているのは間違いなかった。

島では自宅の五右衛門風呂(ごえもんぶろ)に入っていたが、佐世保では銭湯に通わなければならなかった。

お金を節約するために3日に1回だけ銭湯に行った。湯船に入ってくつろいでいるとミカエルが思い出された。「佐世保の汚い川や池で過ごすミカエルを、せめて3日に1回、いや1週間に1回でもいいから銭湯に入れてやりたいなあ」と考えたりもした。

佐世保に来て辛かったのは孤独で寂しいことだった。神浦中学から来たのは武夫一人だけで、田舎者の武夫には友達もできなかった。ホームシックになり、母が恋しくてたまらなかった。毎日毎日手紙を書いた。母も筆まめで、心の込もった手紙を武夫に負けない頻度で送ってくれた。この手紙が当時の武夫にとっては唯一最大の心の拠り(よ)どころだった。1日も早く島に帰りたいという思いが募り、夏休みが待ち遠しかった。

ミカエル、久々の来訪

それは梅雨の頃の土曜日の夜だった。夜中まで勉強し、疲れて机にもたれて眠ってしまっていたら、夢枕ならぬ夢机にミカエルが現れた。

「タケチャン、よう勉強しているね。感心、感心」

「おうミカエルか。よう来てくれた。お前のことば気にしとったとぞ。佐世保川の豚骨ガラの悪臭の中で大丈夫だろうか、自然の少なか都会の中にミカエルが住める場所のあるとじゃろうかいとか、いろいろ心配しとったとさ。食べるもんはあるとね。寝るところはあるとね」

「ふ、ふ、ふ、ふ、ふ。大丈夫たい。それよりもタケチャンはえらい寂しかごたるね。お母さんが恋しいか。宇久島に帰りたかとね」

「そうたい。島から、家族から離れてこぎゃん寂しかとは思いもせんかった。ボクは高校に行くだけで仕事は無かばってん、集団就職したクラスメートたちは毎日仕事に追いまくられ、叱られたり小突かれたりしとるとじゃろうね。そのうえ、島を離れたことで、ボクと同じように寂しか思いばしちょるとじゃろうね」

「タケチャンの寂しか様子を見かねて、今日は宇久島に連れて行ってやろうと思ってここに来たんだ」

「そいは嬉しかね。有難かね。明日は日曜じゃけん、行ってみたかね」

「宇久島の何処に行ってみたいんだ」

「そりゃもちろん福浦の我が家たい。家族に会いたかよ」

「そりゃそうだね。だが、もうすぐ夏休みだ。家族に会うのは楽しみにとっておけよ。それよりも、どこか思い出の深い場所に行ってみよう。どこか良いところはないか」

「そうだな、少し考えさせてくれ」

「宇久島で、今のような寂しい気持ちや恋しい気持ちを感じた場所はないかい」

「そうだ、ボク自身はまだ恋をしたことはなかばってん、ある男女が密かに『寂しい、恋しい』と切ない別れをした場所に行ってみたかね」

「それは興味深いな。その男女というのは誰だい」

「ボクが小学5年生のときの担任の宮田久巳（みやたひさみ）先生と、弟の担任の富田輝子（とみたてるこ）先生たい」

「人の恋路を詮索するのは良くないが、なんだか面白そうだね」

「この話は、ボクとミカエルだけの秘密にしてもらいたい。その年の3月の小学校の卒業式直前に、ボクと弟はそれぞれの担任から『お別れ遠足』に誘われたんだ。今にして思えば、『お別れ遠足』とは言っても、先生と生徒がお別れするというよりも、実は輝子先生が本土の小学校に転勤することになったので、久巳先生とお別れの記念遠足だったのだと思う」

「久巳先生と輝子先生は二人だけでデートをすればいいのに、なぜ橘兄弟をお供にしたのだろうか」

「察するに、狭い島の中ではエリートの男女の先生がデートをすれば、島中にスキャンダルとして噂が広がることを恐れたのではないかと思うよ。輝子先生は独身だったばってん、久巳先生にはお嫁さんがいたんだ。それで、ボクたち兄弟を利用してカモフラージュしたのではないかと思う」

「タケチャンはすぐにそのことを理解できたの」

「よくは分らんかったけど、少し変だなあと思った。ボクは思春期に差しかかる直前で、その辺の事情はほんの微かに分かったような気がしたけれども、3年生の弟の博(ひろし)はただ無邪気に『遠足に行ける！』と喜んでいたよ」

「お別れ遠足はどこに行ったの」

「ボクの住んでいる村とは城ヶ岳(しろたけ)を挟んで島の反対側（北側）の太田江(おおだえ)郷にある、三浦(みうら)神社に行ったよ。三浦神社は海の神様『豊玉姫命(とよたまひめのみこと)』が祀られており、長崎県の天然記念物に指定された古い謂(い)われのある大ソテツが自生しているところなんだ」

「大ソテツの古い謂われとは」

「なんだ、宇久島のガッパのくせにそんなことも知らないのか」

「いや一応は知ってはいるんだけど、大ソテツの古い謂われについて私とタケチャンの理解に食い違いがないかどうか確かめたかったんだ」

「それもそうだな。ミカエルは驚くほど博識だからな。それでは、ボクが知っている大ソテツの古い謂われについて、かいつまんで話そう。もしも、間違っていたら教えてくれ」

三浦断崖が「乙女ノ鼻」と呼ばれる伝説

武夫は、島に伝わる「乙女ノ鼻伝説」を話し始めた。

「むかしむかし、神功皇后（じんぐう）が三韓――新羅（しらぎ）、百済（くだら）、高句麗（こうくり）――征伐のために朝鮮へ出陣した。朝鮮に渡る途上、一時風待ちのために神功皇后軍の船団の一つが宇久島の三浦の入り江に立ち寄った。出港までの幾日かの日を過ごしているうちに、軍船の一人の兵士と地元の娘の乙女との間に恋が芽生えた。軍の船団が宇久島に滞在している間に逢瀬（おうせ）を重ね、二人の仲は深まっていった。

やがて東の風が吹き始め、軍の船団は朝鮮に向けて出港することになった。愛し合う二人にとって、悲しい別れの時が来た。乙女は入り江を出ていく兵士の船を見送った。『もう、今生では二度と会えない』と思うと胸が張り裂けそうだった。三浦の入り江の西側の海岸に垂直にそそり立つ三浦断崖の上から、船が消えゆくまでいつまでも、いつまでも見送っていた。

その日から乙女は毎日毎日、三浦断崖の上に立って、朝鮮の方角の遠くはるかな海を眺め、愛（いと）しい兵士の帰りを待った。船は待てども戻らなかった。悲嘆にくれる乙女は次第に痩せ衰えていった。そして、月の綺麗なある夜、はるかな月明かりの海を眺めながら娘は三浦断崖の上から身を投じた。

乙女の亡骸（なきがら）は、崖下から波に運ばれて三浦の入り江の東側の波打ち際に打ち寄せられた。乙女の亡骸を発見した地元の人たちは、波打ち際近くの野辺に引き上げ、三韓征伐に出陣した兵士たちが住んでいた仮小屋があった場所に懇ろ（ねんご）に埋葬した。その後、乙女の埋葬場所には祠（ほこら）が建てられたという。

この悲劇の後、地元の人たちは三浦断崖を『乙女ノ鼻』と呼ぶようになった。乙女が葬られた場所には、やがて一本のソテツが生えた。地元の人たちはこのソテツを『娘の化身だ』と言って大切に育て、今では１００本を超える大ソテツの林に成長し、祠の周りに繁茂している。昭和33年には、長崎県の天然記念物に指定されているよ。

三浦のソテツの葉一枚、祠の周りの石ころ一つを持って帰ってもいけない。持って帰ったら大嵐になるという伝えがある。この言い伝えは今も大事に守られ、ソテツは宇久島の宝として大切に保護されている。だいたい、こんな話だよ。ミカエル」

「タケチャン、大丈夫だ。私の理解と一致しているよ。お別れ遠足、つまり久巳先生と輝子先生の最後のデートに話を戻そう。二人はどんな雰囲気だったの」

「二人の子供を意識してか、さりげなく振舞っていたよ。ボクの感じでは、相思相愛という段階よりも一歩手前で、仄(ほの)かに思いあう関係にあったものが、輝子先生が島の外へ転勤することになったのを契機に、双方が『これからどうしよう』と迷っている段階だったんじゃないかと思うんだ。相思相愛の段階ならば、邪魔な教え子を一緒に連れて来るはずもない」

「それもそうだな。久巳先生と輝子先生の関係は、古い謂われの三韓征伐に出征する兵士と地元の娘の恋ほどには深い関係じゃなかったんだな」

「そうだと思うよ。大人の恋愛感情など知るはずもないボクと弟は、終始二人の先生と楽しく語り合ったものだ。そんな中、久巳先生と輝子先生が変にしんみりした場面があったのを思い出したよ。あれは、久巳先生が『皆で歌おう』と言い出して、島倉千代子の『思い出さん今日は』という流行歌を歌ったときだったなあ。

目隠しした手を　優しくつねり
あたしの名前を　呼んだのね
雨のベンチで　ぬれている
思い出さん　今日は
たまんないのよ　恋しくて

あの指あの手　あの声が

あのときは特に輝子先生が少し涙声になっていたような気がした。久巳先生が輝子先生に目隠しをしたことがあるのかどうかは知らないが、いずれにせよ、小学5年生のボクにはそんな男女の心の綾が分かるはずもなかった。ただ、ボクは人一倍感受性が強かったので、二人の大人の心の動きがほんの少しは分かるような気がした。あの島倉千代子の『思い出さん今日は』が久巳先生と輝子先生の別れの歌だったような気がする。

次は輝子先生の提案で『波浮の港』を歌い出した。これは、小学校で習った歌だった。歌詞の4番は島の娘が島を訪れた旅の男性との離別を惜しむ内容だ。

風は汐風　御神火おろし
島の娘たちゃ　出船の時にゃ
船のとも綱　ヤレホンニサ　泣いて解く

この歌とは逆に、お別れ遠足の場では、島に残る久巳先生が、島を去り行く輝子先生との離別を惜しんでいる心の内が、少年だったボクにも少しだけ分かるような気がしたよ」

「タケチャンの言う通りだと思うよ」

「ミカエルには好きな女のガッパはいるの」

「ふ、ふ、ふ、ふ、ふ」

「二人の先生にはボクたち兄弟抜きで、別れの言葉を交わす場面、あるいは再会を約束する場面かもしれないが、あったはずだよ」

「どんな場面なの」

「三浦神社の近くの砂浜には、ハマボウフウが自生しているんだ。ハマボウフウは確か芹の仲間で、宇久島の海岸の砂地に生え、年中採れた。湯がいて酢味噌で食べると独特の風味があって美味しいんだ。ガッパは食べないかい」

「うん、ハマボウフウは知っているよ」

「ボクが、『皆でハマボウフウを採りに行こうよ』、と言うと、久巳先生が『ヒロチャンと二人で行って来たら』と言った。先生たちを置いて、ボクは弟と二人で小一時間ハマボウフウ採りに熱中したよ。ボクはなるべく長い時間をかけて、ハマボウフウを採ろうと心がけたよ」

「そうか、タケチャンは恩師たちに良いことをしたね。それじゃ、そろそろ宇久島に行くとするか」

「今度も高麗島に行ったときのように泳いでいくのかい。宇久島までは70キロ近くもあるよ」

「今回は空を飛んでいこうよ」

「エーッ、空を飛ぶだって。そんなことできるはずがない」

「できるよ。『……に望みをおく者は新たな力を得、鷲のように翼を張って上る。走っても弱ることなく、歩いても疲れない』という言葉をタケチャンはまだ知らないだろうな」

「エッ、今ミカエルは出だしで『……に』と口ごもって言ったが、あれは何と言ったの」

「ああそうか、その部分はまだタケチャンは知る必要はないよ。君はただ『鷲のように翼を張って上ることができる』と信じさえすればいいんだ。家の外に出よう。部屋の中では翼を広げられないから」


そう言うと、ミカエルは下宿の壁もドアも障害とせず、スッと素通りして外に出た。武夫もそれに続いた。外に出て庭の広いところに立つとミカエルの背中には今まで見えなかった大きな羽が少しずつ見えるようになった。

「おや、ミカエル、ガッパに羽があるとは知らなかったよ」

「ふ、ふ、ふ、ふ、何を言うんだタケチャン、君の手にも羽が生えてきたじゃないか」

武夫は驚いた。両腕に羽が生え始め、だんだん逞しい鷲のような翼に変わってきたではないか。ミカエルが武夫に命令するかのような口調で「さあタケチャン、大きく羽ばたいて空に飛び上がれ』と言った。ミカエルは、そう言うが早いか、自分が先に羽を広げて空中に舞い上がった。武夫も羽に変わった両腕を広げ、ジャンプすると空に舞い上がることができた。何とも驚きの瞬間だった。武夫は一度も羽で飛んだ経験もないのに、器用に羽ばたいて飛ぶことができ、ミカエルの後を追った。

〝二人〟は、九十九島（くじゅうくしま）から高島（たかしま）と黒島（くろしま）の間を抜け、平戸島南端の志々伎崎（しじきざき）を経て宇久島を目指した。志々伎崎を過ぎると急に風が強くなってきた。武夫は飛ぶことに不安を覚え、白波が湧き立っている海中に墜落するかもしれないと思った。そんな不安が頭の中を過る（よぎ）と、突然バランスを崩し、落下し始めた。

ミカエルが武夫の側に舞い戻り「タケチャン、私を信じなければだめだよ。一瞬たりともわずかでも私の言うことに疑いを持ったら飛べなくなるよ。しっかり信頼しなさい」と言った。武夫はミカエルの励ましを受け、心からミカエルを信頼し、「ボクは飛べるんだ！」と心の中で囁く（ささや）と、腕＝翼に力が漲り（みなぎ）、体は上昇し、再び安定して飛べるようになった。

眼下にイカ釣りの船の漁火（いさりび）が見える。夜目に黒い宇久島の影が見えてきた。〝二人〟は宇久島が近づくと、島の最北端にある対馬瀬鼻（つしませはな）灯台の灯りを目指し、その上空で左に旋回し、反時計回りに約1キロメートルほど島の北海岸伝いに南西方向に飛んで三浦神社近くの野芝の草原に降り立った。

「ほら、あそこに黒々と見えるこんもり茂ったソテツの林が三浦神社のある場所だよ」とミカエルが言った。〝二人〟は、芝の草原の斜面を下って三浦神社に向かった。神社に近づくにつれ、何かボーッと明るいものが見えてきた。よく見ると、それは人の影だった。神社の前に若い女性が佇(たたず)んでいた。服装は白い着物に似たもののように見えたが、まぶしい光に包まれており、細かい部分は見えにくかった。ミカエルが声をかけた。

乙女が語る約２０００年前のストーリー

「こんな夜ですが、お参りに来ました。私は、ミカエル、そしてこの青年は橘武夫君といいます」

「これは、よくよくおいでいただきました。私は乙女(おとめ)です」

次は武夫の番だった。

「あのう、失礼なことかもしれませんが、乙女さんは三韓征伐の兵士との恋の果てに三浦断崖から身を投げたという伝説の女(ひと)ですか」

その質問に、乙女は少し憂いを含んだ表情で答えた。

「そうです。私がその悲劇のヒロインです。でも心配しないで。もう過去の悲しみを乗り越え、寂しさと悲しさを心の糧にできるほどに強くなって、今では三浦神社の『神』として祀られているの。沖行く船はもとより、宇久島の漁民の安全を守ることが私の使命なのよ。私のことを悲恋・悲劇のヒロインのように思われるでしょうが、男女の絆(きずな)の大切さを誰よりもよく知っているから、『縁結びの神』でもあるのよ。武夫さん、そのことを世に知らしめてほしいのよ。相思相愛で結ばれることを願う人たちや、良き伴侶を求める人たち大勢に宇久島へ来てほしいの。そんな人たちが訪ねてくると、宇久島が賑やかになるでしょう。ホ、ホ、ホ、ホ、ホ」

「そうですか、悲しみを乗り越えられた乙女さんの話を聞いて安心しました。それでは、三浦神社の大ソテツにまつわる悲恋物語について、辛い体験をされた乙女さんから伝説には留まらない実話を聞かせていただけないでしょうか」

「いいわよ。そもそも、宇久島には文字もなかった時代の大昔の出来事なので、伝承された話は不十分で不正確な部分が結構あります。この際、武夫さんに話しておけば、後世の人々に三浦神社の大ソテツにまつわる悲恋物語の正しいストーリーを知ってもらえることになるわね」

「有難うございます。乙女さんからよく承って、世の人々に正しいストーリーを伝えたいと思います」

乙女は、今から2000年近くも昔の出来事を、三浦の入り江の潮騒の音と調和した落ち着いた小さな声で、ゆっくりと話し始めた。

「これから申し上げるのは、今から千数百年も昔のことで、神功皇后の三韓征伐の時代にあった私の身の上話よ。私は、宇久島の田舎娘。後世の人は、私のことを乙女と呼んでいますが、もともとの名前はツバキなのよ。ほら、宇久島にはヤブツバキの木が多く、冬にはたくさんの可憐(かれん)な花が咲くでしょう。そんな花のイメージを私に重ねて、父と母がツバキと名づけたそうよ」

「へー、そうですか。じゃ、これからはツバキさんと呼ばせてください」

「それがいいわね。西海に浮かぶ宇久島に住む少女だった当時の私は、日本の歴史や地理——当時の天皇が誰で、その都がどこにあったのかなど——についてはほとんど知らなかったわ。

山桜が咲き始めた頃だったかしら。こんな僻地(へきち)の宇久島に、ある日、突然、何の前触れもなく、島の北東方向から兵士を乗せた数えきれないほどの船が、宇久島をはじめ五島の各地にやって来たのよ。その船団は宇久島をはじめ小値賀島、野崎島、中通島、若松島、奈留島、久賀島などの入り江に分かれて停泊したわ。宇久島でもここ太田江集落近くにある三浦の入り江の他に、平（たいら）、下山（しもやま）、神浦、宮（みや）ノ首（くび）などにも来たの。三浦の入り江には10艘（そう）ほどの軍船に乗った２００人くらいの兵士がやって来たわ。

これらの軍船には、神功皇后に率いられ三韓征伐に向かう兵士が乗っていました。軍船が上五島に寄港したのは、三韓に向け出撃するための最終拠点となる上五島で、風待ちをするためだったのよ。だから、どのくらいの期間滞在するのかは未知数で、三韓に向け追い風となる東風（こち）が吹き始めれば、直ちに出発する予定でした。

三浦の入り江に来た10艘ほどの軍船の隊長は20歳代の凛々（りり）しい若者で、『ヤマト』という名前でした。だから、その指揮下の２００人ほどの部隊はヤマト隊と呼ばれていたの。後から知ったことだけれど、ヤマトは大和（やまと）地方の出身で天皇の血筋に当たる貴いお方だったのよ。だからその若さで隊長に抜擢されたというわけ。私は漢字を知らなかったので『ヤマト』が『大和』と書くのかどうかは分からないわ。

この若者が率いるヤマト隊は、私の住む太田江集落の住民が支援するよう命じられたの。住民にとっては大きな負担となるので忌避したいところだけど、大和朝廷の命には逆らえず、ヤマト隊が風待ちする間、支援することになったの。太田江住民たちは応急に雨露をしのげる仮小屋を兵士とともに急造したし、薪と清水の補給も急務だった。ヤマト隊は十分な米を軍船に積んできており、住民の協力に対しては、島では貴重品の米を労賃として支給してくれました。初めのうちはヤマト隊を警戒し恐れていた太田江の住民たちだったけど、次第に打ち解けて、自発的にアワビ、サザエ、ウニ、鯛やヒラメなどの魚介類、乾しワカメなどを食料として提供し、もてなすようになったわ。

ヤマト隊は、太田江集落の住民が差し出す魚介類などの物資に対しても、米を代償として支払ってくれました。水田が乏しい宇久島では、ヤマト隊が恵んでくれる米は貴重なものだったわ。

ヤマトは若いけれども、指導力は抜群だったわ。隊の規律をしっかりと統制していました。ヤマトは兵士に対して『お前たちが島民の婦女子に手を出したり、食料を奪えば極刑に処するぞ！」と、毎日言い聞かせていました。ヤマトは、若い兵士のエネルギーを訓練などに向けさせ、駐留地周辺の草原で二手に分けて対抗方式の模擬戦闘を行ったほか、太田江集落の住民の農耕や漁労を手伝わせたの。住民は大助かりだったわ。

宇久島の中でも、三浦の入り江以外に駐留している部隊では住民の食料を徴発したり、兵士によって婦女子が強姦される事件などが多発したそうだけれど、ヤマト隊ではそんなことは全くなかったわ。

当時、私は17歳だったけど、太田江集落の長(おさ)の求めでヤマトの身の回りの世話をすることになったの。そんな役目、最初は私も嫌だったわ。だってそうでしょう。年頃の私がヤマトの身の回りの世話をすると言えば、どんな役目が期待されているのか、タケチャンも察しがつくでしょう。私はヤマトの夜伽(よとぎ)をすることも覚悟せざるを得ませんでした。ところがヤマトは私に指一本触れなかったばかりか、妹のように優しく可愛(かわい)がってくれたの。私は次第にヤマトが好きになりました。それどころが、好きで好きでたまらなくなってしまった。

梅雨の晴れ間のある日、ヤマトが私に『ツバキ、今日は私と一緒に城ヶ岳に登ろう。案内してくれないか』と言ったの。この言葉を聞いて、私の心は躍ったわ。だって、ヤマトと二人だけで山登りできるのですもの。現代風に言えば、ヤマトとのデート遠足が実現することになったのよ。

ヤマトとの初デート

ヤマトは部下を従えず、私と二人だけで城ヶ岳に登ったの。私が山登りに疲れるとヤマトは手を引いてくれたわ。山頂に登ると、ヤマトは宇久島の北東方向約50キロメートルにある生月島(いきつきしま)を指さしながら私にこう言ったの。

『私はあの方向からやって来たのだよ。あの方向に進めば関門海峡から瀬戸内海を経て大和に行けるんだ。三韓征伐が終われば宇久島に戻り、ツバキを連れて大和に帰りたい』

私はこの言葉を聞いて本当に驚いたの。ヤマトは私を大和に連れて行くつもりなのだ。ヤマトが本気で、私のような卑賤な島の娘のことを真剣に想ってくれていることを知って、胸が熱くなり、涙が溢れました。ヤマトとならば、都のある遠い大和へでもどこにでも行こうと思ったわ。

ヤマトは筆と紙を取り出した。『ツバキ、大和では〝やまとうた〟というものが流行っていて、自分の想いを五・七・五・七・七の文字の歌にして、紙に書いて想う相手に渡すんだよ。ツバキへの想いを書いた歌を書いてあげよう』と言って、次の歌を紙にサラサラと書いて私にくださったのよ。

私は、文字を見るのは初めてで、もちろん読めなかった。そのことを察して、ヤマトは抑揚をつけた美しい声でその歌を詠んでくれたわ。

三韓へ　出征途次の　宇久島で　乙女のツバキ　しばし愛でつつ

私は感激したわ。ヤマトがわざわざ私に対する愛の心を〝やまとうた〟に詠んでくれたのですもの。この出来事を機に、私はどこまでもどこまでもヤマトについて行こうと決心したの。でも私は愚かだったわ。ヤマトは神功皇后の命に従い、海を渡って三韓に出征するんですもの。こんな島の娘が、ヤマトと一緒に三韓征伐に行けるはずもないのに。でも、私は諦められずに、ヤマトに訴えたわ。

『ヤマト、私を軍船に乗せて、三韓へ連れて行ってくれない。ね、ね、ぜひお願い』と繰り返し哀願したの。

『ツバキ、それはできないよ。ヤマト隊は朝鮮と戦をするために行くのだよ。ツバキを戦場に連れて行くわけにはいかないんだ。私が宇久島に戻ってくるまでここで静かに待っていておくれ。三韓征伐を終えたら必ず迎えに立ち寄るから。台風が来る秋までには征伐を終える予定だ。三韓征伐が終わればすぐに宇久島に戻ってくるから。私と一緒に大和の国に行こう。約束だよ』

『私、待っているわ。必ず迎えに来てね』

天は私たちの幸せな時間を長くは恵んでくれなかったわ。ヤマトと二人で城ヶ岳を下りて三浦の駐留地に戻ると、平港に駐留する宇久島の全部隊を仕切る司令官から命令書が届いていました。それには『待望の東風が吹き始めた。明日正午には宇久島の各入り江を出港し、宇久島と小値賀島の間の海上で全隊の船団の隊列を整えた後に三韓に向かう。各隊は直ちに出港準備を整え、明朝別命がない限り出港せよ』と書かれていたのです。

ヤマトは直ちに隊に出動命令を下した。隊はかねてより準備をしていたので、短時間のうちに出港準備を整えました。夜は三浦の陣屋に隊の幹部と太田江集落の主だった人たちが集い、別れの小宴が開かれたわ。私もその席で給仕を務めたの。私の心は千々に乱れ、給仕をしつつも心はヤマトとの別れの寂しさで耐えられないほどだった。

その夜、宴も終わり、ようやくヤマトと二人だけになれたの。私は涙が溢れ止まらなかったわ。するとヤマトが初めて私を優しく抱きしめてくれたの。そして二人は今生における最初で最後の男と女の契りを交わしました。私はヤマトに抱かれながら、『夜よ、明けるな。永遠にこのままでいたい』と心から願ったわ。

だが現実は冷酷で、夜明けは早かった。未だ夜が明けきらないうちから、イソヒヨドリたちが『ピー、ピー、グゥ、グゥ、グゥ』とかしましく鳴いて、『時』を急(せ)き立てた。今日は出港の日。ヤマト隊の隊長であるヤマトは、私とゆっくり別れを惜しむ暇などありませんでした。

ヤマトは、部下たちに指示してあわただしく出港準備を促進した。太田江集落の人たちも樽に入れた水や乾し魚などを船に積み込んだ。こうして、時は瞬く間に過ぎていきました。

いよいよ出港の時が来ました。ヤマトは船に乗る直前に私のところにやって来て、『ツバキ、必ず迎えに来るから待っていておくれ』と言いました。そして二つのソテツの実を取り出して『これをツバキに残しておこう。この地に植えてくれ。雄株(おかぶ)と雌株(めかぶ)の二本のソテツが芽を出すだろう。それでは、さようなら』と言って船に乗り込んだのです。今思えば、ヤマトはソテツの実を自分の『形見』と考えていたのではないでしょうか。

別れの時、私はもうヤマトとは永遠に会えないかもしれないと思うと、気も狂わんばかりに悲しかった。でも、折角の出征の門出を涙で送るのは不吉だと思い、懸命に堪えたのです。船は追い風を受けて次々に三浦の入り江を出て行き、ヤマト隊の兵士たちも、これを見送る太田江集落の人たちも、手を振って別れを惜しみました。

私も懸命にヤマトの姿を追い、黄色い布を打ち振ってヤマトの姿が見えなくなるまで見送ったわ。船団が島影で見えなくなると、私は走って船団の姿を追い、海岸伝いに西のほうに向けて駆け続け、ついには三浦の入り江から10キロほどの場所にある宇久島西端の厄神(やくじん)鼻(ばな)にたどり着いたの。夕日が沈む頃、宇久島の数ヶ所の入り江を出た数個の船団は小値賀島の手前でひと塊(かたまり)に集結し、その後三韓を目指して西の方向に進んでいったわ。私は船団の影を凝視していましたが、日没とともに完全に見えなくなってしまった。

絶望に見舞われたけれど、何とか家に戻ろうという気持ちになりました。帰りの夜道は暗く、私の心はそれ以上に真っ暗で、歩くこともできないくらいに疲れ果ててしまっていました。しとしとと降り始めた雨の中、空っぽの頭と虚脱状態の体のまま、夜道をトボトボと歩いたの。どこをどう歩いたのか覚えていないわ。

太田江集落の我が家に戻ったのは明け方近くでした。父母も心配して寝ずに待っていてくれて、本当に有難かった。いろいろと慰めてくれましたが、こればかりはどうしようもなかった。寂しさが癒えることはなかったのです。

ヤマトの分身を身ごもったツバキ

ヤマトがいなくなると私はまた元の生活に戻り、母の手伝いや、農作業に精を出す毎日でした。私はヤマトが去って1ヶ月ほども経つと、体調の変化を感じ、やがて身ごもっていることが分かりました。母に相談すると、『ヤマトはやがてツバキを迎えに来てくれるはずだから、安心して子供を産みなさい』、と励ましてくれた。父も同じような考えで、私に堕胎を強要することはありませんでした。私は、ヤマトの〝分身〟が私の胎内に宿っていることが心の支えと思えるようになったのです。

三韓征伐遠征隊が島から去ると、彼らが島にいる間に行った食料などの徴発や婦女子に対する強姦などの悪行に対する宇久島の人々の恨みが表面化し始めました。ヤマトの善政で隊には友好的だった太田江集落の人々も、島全体のこうした遠征隊に対する憎悪感の高まりに、次第に感化されていったのです。

夏が過ぎる頃、三韓征伐遠征隊の船団が宇久島北方の海を東に向けて航行するのが見えました。私は、ヤマトの船が迎えに来るのを今か今かと待ちましたが、船が三浦の入り江に立ち寄ることはありませんでした。『あれほど誓ったのに、ヤマトは私のことを忘れたのかしら。運悪く戦で命を落としたのかしら』と考えあぐねました。台風シーズンが過ぎ、帰還する三韓征伐遠征隊の船団の姿も途絶えてしまった。結局ヤマトは来てくれなかったのです。

そんな中、宇久島全体の三韓遠征隊に対する憎悪感はますます募りました。

私のことを「あそこの娘は、遠征隊の隊長の子種ば宿したそうばい。けしからん。堕ろすべきじゃ」と言う人が現れた。『あの家の娘のツバキは、隊長のヤマトに城ヶ岳の頂上に連れて行かれて強姦されたそうじゃ』というデマがまことしやかに語られました。

狭い島の中の太田江集落の人々の間でも、『よそ者の種を宿したツバキはけしからん』という話が広がり始め、私も父母も次第に肩身の狭い、抜き差しならない立場に追い込まれていきました。集落の長がたびたびやって来て『【おろせ】というのが島中の声たい』とまで言うようになり、親戚までもが父と母を責め立てるようになった。私をかばってくれていた父母も途方に暮れるばかりでした。

私は一身に降りかかったこのような難問に煩悶（はんもん）しました。妊娠したことが分かった頃は、『ヤマトの代わりにこの児（こ）を心の拠りどころ、生き甲斐（がい）として生きていこう」と前向きに考えていた私でしたが、ついに堕胎することまで考えざるを得ないところまで追い詰められてしまったのです。

私は、昼も夜も『堕胎』について煩悶しました。その結果、『堕胎してこの児だけを殺すよりも、この児とともに私もあの世に行こう』という思いが支配的になりました。私は、『胎内に宿ったこの児をおろすということはヤマトを殺すことだ』――という思いが強くなったのです。思い詰めた私は、『死ぬ場合はこの児、すなわちヤマトの分身と私は一緒でなければならない』という結論に達しました。

そんな追い詰められたある夜、ヤマトが夢枕に現れたのです。ヤマトは神々しい顔をしていました。そして、微笑みながら私に話しかけてきました。

「ツバキ、苦労をかけるね。本当に済まない。ツバキが一日千秋の思いで私を待っているのを知っていたが、迎えに来れなかった。許してくれ」

「ヤマト、あなたに会えて嬉しいわ。本当に待っていたのよ。なぜ迎えに来てくれなかったの」

「実は、私は三韓との戦いで戦死してしまったのだよ。敵の矢が二本も命中したんだ。そのことを君に伝えようにも叶(かな)わなかったよ」

「本当にそうなの。私、悲しいわ」

「ツバキ、悲しまないでくれ。この通り私は平穏な世界に住んでいるのだから。私のせいでツバキが島の人たちから追い詰められているのを見るに見かねて、私はこうやって霊界からツバキのもとに来たんだよ。ツバキがよかったら一緒に霊界に住まないか。親子三人水入らずで霊界で過ごさないか」

夢枕に立ったヤマトと私の会話はこんな短いものでした。しかし私にはこれで十分だったのです。私は、8ヶ月になる胎内の児とともにヤマトのところに行く決心をしました。

手に生えた鳥の毛とツバキにもらったソテツの実

2月の寒風が吹きすさぶある夜中、私は父母に隠れて家を出ました。夜道を三浦の入り江に向かうと、夜目に月明かりに照らされた海が見え、潮騒が近づいてきます。私は三浦の入り江の西にそそり立つ三浦断崖を目指しました。心は静かでした。目の前の漁火が煌めく海も、星が瞬く空も、私の魂が飛翔してヤマトのもとに向かうステージとしては十分でした。

私はまるでミサゴが空に飛び立つような感覚で三浦岬の断崖からフワリと飛翔しました。そして、天に昇り、迎えに来たヤマトと会い、しっかりと抱擁してもらったのです。

『ツバキ、永遠の静謐な幸福の世界へようこそ』

『私のヤマト、これからはいつも一緒ですね。この子も一緒に』

私たち親子三人は、こんな経緯で霊界に住み始め、2000年近くの時を経て今に至っているのよ。ちなみに私が断崖から飛び降りた後、村の人たちは三浦岬のことを『乙女ノ鼻』と呼び、断崖のことを『乙女がダッ』と呼ぶようになったの。ちなみに、宇久島の方言で岬のことを『鼻』、断崖のことを『ダッ』と呼ぶのはタケチャンもご存じですよね」

ツバキはここまで話すと、一息入れて、神社の祭壇に供えられたビールを取り、美味しそうに飲み干した。

ツバキはミカエルと武夫にもビールを勧めた。ミカエルが「タケチャンは未成年です。折角ですから、私だけ頂きます」と言ってお相伴にあずかった。

「ミカエル、タケチャン、これが昔から宇久島に伝わる三浦神社の大ソテツにまつわる悲恋物語の真相なのよ。分かっていただけたかしら」

「よく分かりました。大変悲しい物語だけれども、なんとなく救われる結末だったような気もします。ツバキさんから伺った物語を今に生きる人たちに伝えさせていただきます。今日は夜分お邪魔してお騒がせしましたが、本当に有難うございます。今から佐世保に戻ります。ヤマト様とお子様によろしくお伝えください」

「そう、それじゃお気をつけて。島に戻ったときはまた訪ねてくださいね。これは武夫さんに対する私からの心ばかりのお土産よ」

ツバキはそう言うと、武夫にソテツの種を二個くれた。


ミカエルと武夫は大空に飛び立った。帰りは城ヶ岳の上空を飛び越え、宇久島に飛んできた経路を逆順で佐世保の下宿を目指した。城ヶ岳上空からは父母の住む福浦部落が夜目に遠望された。武夫は飛んで帰りたかったが、夏休みまでお預けにすることにした。

佐世保港の上空に差しかかると、眼下に米海軍の軍艦や海上自衛隊の護衛艦が見えた。そこから下宿まではすぐだった。下宿の庭に降り立ったときには夜が白々と明ける頃だった。下宿の小母さんに怪しまれるといけないので、玄関から入ろうとしたら鍵がかかっていた。

「ミカエル、鍵がかかっているよ」と言うと、ミカエルがドアに手を触れ、ひとりでに音もなく開いた。ミカエルは武夫に中に入れと目で促し、ウインクして「またね」と言った。武夫が入ると玄関は音もなく閉じた。武夫は抜き足差し足で2階の自室に戻ると急に眠くなり、倒れ込むように布団に入った。

「武夫さん、朝ご飯ですよ」という小母さんの声で目が覚めた。階下に降りていくと叔母さんが「いつも早起きの武夫さんにしては珍しく朝寝しましたね。そうか、夜遅くまで勉強したのね。今日は、日曜日だからゆっくり寝ていてもよかったのに」と言った。

武夫は昨夜ミカエルと宇久島に行き、ツバキに会ったことを鮮明に思い出した。叔母さんには言えない秘密だが、何とも心が満ち足りた気持ちだった。お箸を持ってご飯を食べようとすると、小母さんが驚いたように「武夫さん、あなたの右手に小さな鳥の毛が生えていますよ」と言った。武夫はびっくりして手を見ると、なんと鳥の毛が生えていた。だが、次の瞬間その毛はポロリと抜けてフワフワと畳の上に落ちた。

小母さんはそれを見て「私も年を取って目が悪くなったわね。武夫さんの手に鳥の毛が生えているように見えたんだけど、そうじゃなくて武夫さんが机の上にいっぱい飾っている雉の羽がくっついていただけだったのね」と言った。事実、武夫は宇久島にたくさん生息しているオス雉の羽を佐世保まで持ってきて机の上に飾り、島を懐かしんでいたのだ。

食事が済んで部屋に戻ると、もう一つ驚くことがあった。何と、枕元にソテツの実が二個あったのだ。別れ際にツバキがソテツの実を二個くれたのを武夫は思い出した。ソテツの実を掌の上に載せて撫でながら、昨夜の旅の思い出を慈しんだ。

「ソテツの実をどこに植えようか」と思案して、母校の正面玄関前に大きなロータリー状の庭園があったのを思い出した。その庭園はヒラドツツジで周縁を囲み、中央に10本以上のソテツが植えてある。三浦のソテツは龍が躍るように低く複雑に交差しているが、母校のソテツは、高さは違うものの垂直に天に伸びている。武夫はその一群のソテツの間に三浦のソテツの実を密かに植えることにした。

母校のソテツは上に伸びるだけだが、三浦のソテツはまるで龍が舞うように水平方向に繁茂する。武夫は二個のソテツの実に、母校の後輩が上に伸びるだけではなく、横にも人脈や活動範囲を広げてもらいたいという思いを込めたつもりだった。

当時高校1年だった武夫が、こんな思いを込めて植えたソテツの実がその後どうなっているのかは分からない。

バルチック艦隊提督の哀話

防衛大学校へ進学後、待望の初帰省

武夫は昭和45年春に防衛大学校に進んだ。待ちに待った夏休みがやって来たが、すぐには帰省できなかった。空手部の合宿が三重県の尾鷲（おわせ）市で行われたからだ。昼夜うだるような暑さの中、お寺に寝泊まりして市の体育館で稽古に励んだ。夜は暑さだけでなく蚊に悩まされ熟睡できなかった。そのうえ稽古は厳しく、師範から青竹で叩かれ体中に痣（あざ）を作った。合宿から解放されたときは本当に嬉しかった。

防大の純白の制服姿で列車に乗ると、他の乗客から車掌さんと間違われた。尾鷲の駅から佐世保駅に着くまで汽車は満員状態で武夫は立ちっぱなしだったが、当時は体力気力が充実していて疲れというものを知らなかった。家に戻ると母が痣のことを心配したが、武夫は「空手の稽古の勲章たい」と言って、安心させた。

祖父に防大で支給された自衛隊用の缶詰——赤飯や鳥飯の主食とタクアンの漬物や鯨の

大和煮——をお土産に渡すと喜んでくれた。

「軍隊の缶詰は珍しかね。終戦直後にアメリカ軍の缶詰ばもろうたことがある。大きな缶の中に豚の脂身がいっぱい詰まったものだった。島では豚肉などないので、こんな美味いものがあるのかと思うたよ。ところで、防大では普通の大学と違う教育があるとね」

「あるとよ。鉄砲やピストルば撃たせてくれる。軍事教練もあるよ。また、海上自衛隊に行く学生もおるけん、水泳も必修たい。夏休み前には8キロの遠泳ば泳いだとよ」

「学科はどぎゃんね」

「ほかの大学では教えん『戦史』という戦争の歴史ば習うとたい。ボクが子供の頃、ジイジが話してくれた日露戦争のことも勉強したよ」

「そうか、そうか。ジイジは日露戦争全体のことはよう知らんばってん、明治38年(1905年)5月27日の日本海海戦のときは、日露海軍主力の決戦海域は対馬の東方沖だったたばってん、その砲声は宇久島でも遠雷ごっ聞こえたよ。風向きが音を運んだのかもしれんな。ジイジが15か16歳のときじゃった」

「そぎゃんね。ジイジの話ば聞いたら、日露戦争が身近に感じられるなあ」

「そいよりもびっくりすることがあったとよ。宇久島の西の端に宮ノ首という集落があるのは知っとるじゃろう。宮ノ首からもう少し西に行くと厄(やく)神社があることも知っちょろうもん。鎌倉時代に宇久島で流行した疫病を鎮めるために造られたと言われとるとよ。社殿裏にある高さ10メートル以上もある大岩には何かの模様・しるしが刻まれちょって、縄文時代に日時計であったという言い伝えもあるそうな。お前も知っての通り、厄神社の周りには、冬にはヤブツバキが、また、春には山桜が咲き誇り、宇久島の中でも最も神聖・清浄な場所たい。周囲の自然には岩や草や木も含め神や仏が宿ると言われちょる。

その厄神社の麓に汐出浜（しおではま）という綺麗な砂浜があるのは知っちょう通りたい。そん汐出浜に、日本海海戦直後、戦死したロシア兵の遺体が流れ着いたそうたい。日本海海戦の決戦場は対馬沖じゃけん、ロシア水兵の遺体は日本海沿岸の青森、秋田、新潟、富山、石川、福井、京都、鳥取、島根、山口、長崎と多方面に漂着したらしかばってん、宇久島にも一人の遺体が流れてきたとたい。

本飯良（もといいら）部落の人たちがそれば見つけたとばってん、遺体は日本海軍の砲撃で起きた軍艦の火災で衣服が焦げ、体の損傷も激しく、階級や年齢など一切分からなかったそうたい。本飯良部落の人たちは「可哀（かわい）そかね」と水兵を憐れんで、そん遺体ば汐出浜の磯辺に埋葬(土葬)して弔ろうてやったそうたい。

そいから何年かして、本飯良の部落で不思議なこつの起こったとよ。何と何とある家に、目が青色、髪は金髪で、肌が透き通るくらいに白か赤ちゃんの生まれたとたい。部落の人は

『流れ着いたロシア人水兵の恨みが祟(たた)ったんじゃなかか』と恐れたそうたい。

ばってん村の人たちは、『おいどみゃ水兵さんの遺体ば埋葬して弔ろうてやった。なんも悪か事はしちょらんばい。感謝されこそすれ恨まれる筋合いはなかよ』という者もおった。

その後も本飯良部落の宮ノ首の集落には、ときどき青か目、金髪、白か肌のおなごの児が生まれるようになったそうたい。ジイジも小学校6年生の女の子ば見たことがあるばってん、ほんなこつ魂消(たまげ)たよ。その女の子の体は中学3年生より大きかったし、日本人にはおらんほどの美人だった。ほんなこつ、フランス人形のごたったよ。勉強も運動も抜群だと聞いたよ。これがジイジが村役場に勤めておるときの知り合いからもろうた、その子の小学校の卒業写真たい」

そう言って、ジイジは一枚の写真を見せてくれた。

「ほんなこつ、同級生と比べてはるかに大きかね。日本人離れしておる。そのうえ頭が良さそうで、西欧人のごたる美人たい。不思議な話たいね。ジイジが話してくれたことは、ボクは初めて聞いたな。宇久島におるうちに厄神鼻に行ってみようかな」

「そいも良かばってん、ロシア兵の祟りが恐ろしかけん、一人では行かんほうが良かよ」

武夫はジイジのいう青い目の女の子が生まれるという話に強い興味を持った。すると、その夜、武夫の寝入りばなに、ガッパのミカエルが枕元に現れ、武夫を夢の中から起こした。

武夫、ロシア兵の祟りの真実に迫る

「武夫君、久しぶりの我が家はどうだね」

「やっぱり良かね。防大は朝から晩までラッパの音に追いまくられて気を抜く暇の無かもんね。また、おふくろの作った食べもんはうまかね。防大の牛肉や豚肉の入ったカレーライスよりも、塩鯨のスライスの入ったライスカレーのほうが美味か。それば山盛り食べるのは最高たい。おふくろは、ライスカレーの上に生卵もかけてくれるとよ。

ところで、ミカエル、お前は防大にもついて来てくれとるよね。夏休み前の遠泳でもミカエルが近くにおると思うと安心して泳げたよ。いたんだよね」

「ふ、ふ、ふ、ふ、ふ…。ところでタケチャン。君はお爺さんが話したロシア兵の祟りについて興味を抱いたようだったね」

「そうたい。常識的に言って、生物学的には死んだロシア兵の血を引き継ぐ子供を宮ノ首集落の女性が生むはずはなかもんね。どうしてそんなことが起こるのか、その点に強い疑念・興味を持ったとよ。高校1年のとき、ミカエルと一緒に三浦のソテツのある三浦神社に行ってツバキさんと会い、今まで島に伝わっていた伝説よりもはるかに深い話を聞いたじゃないか。ミカエルと一緒に厄神鼻に行けば、それと似たような面白い話がツバキさんのときのように、予想もしない人物から聞けるんじゃないかと思うんだよ」

「じゃあ、今から行ってみようか」

「今度は飛んで行くの、それとも泳いで行くの」

「何を言ってるんだい。防大で散々鍛えてもらっているのだろう。走って行くに決まっているじゃないか。楽をしようという根性じゃ、国の守りを担う立派な軍人にはなれないぞ」

「分かったよ、ミカエル。すぐにジャージに着替えるから待っていてくれ」


〝二人〟は、一斉に走り出した。夏とはいっても真夜中なので幾分涼しかった。防大でわずか数ヶ月鍛えただけだったが、武夫は走っても疲れを感じなかった。島を周回する県道は舗装されていなかったが、武夫には靴底から伝わる郷土の土の感触は心地よいものだった。神浦、本飯良、宮ノ首を経て、汐出浜の近くまで来た。そこからは歩を緩めて汐出浜に向かった。汐出浜に行く前に、厄神社に参拝することにした。厄神社のある厄神鼻は、海に突き出た岬であり、全体がツバキ、笹竹(女竹)、ハマビワ、ヤブニッケイ、イスノキなどが密生した森に覆われている。ミカエルと武夫は厄神社に参拝する際、島の風習に倣い沿道の笹竹（ささだけ）の枝を神殿に供えた。ミカエルは社殿に向かって何か話しかけた。「素盞嗚尊（すさのおのみこと）様……」と聞こえた。

「ミカエル、今社殿に向かって、『素盞嗚尊様……』と言ったな。それは誰だい」

「素盞嗚尊様は、ここ厄神社の神様だよ」

「ガッパのミカエルは神様と話ができるのかい」

「やっぱり、お前はただのガッパではないな。不思議な能力ば持っとる。スーパーガッパばい」

「ふ、ふ、ふ、ふ、ふ……」

ミカエルは再び笑って誤魔化した。

厄神社を辞し、鬱蒼（うっそう）と茂る木立の中の急坂を下りて汐出浜の海岸に出た。視界が開けた先には暗い海が広がり、足元には波のざわめきが広がっていた。よく見ると、砂浜にボーッと輝く姿があった。ミカエルが悠然とその輝く姿に近づき、その人影らしいものと言葉を交わし握手をした。武夫も恐る恐るその人影に近寄った。その人影は、よく見ると海軍の軍服を着た背の高い男だった。「これがジイジから聞いた、日本海海戦後にここに漂着した遺体の霊だな」と武夫は合点した。

ミカエルが、「大佐、この青年が日本の防衛大学校1年生の橘武夫君です」と紹介してくれた。武夫は大佐と聞いて緊張し、思わず挙手の敬礼をした。

「オーチン　プリヤートナ（初めまして）。タチバナです。どうかよろしくお願いします」

「ドーブライヴェーチェル（こんばんは）。私は、バルチック艦隊の第1戦艦隊の戦艦インペラートル・アレクサンドルⅢ世の艦長だったブハウォストス海軍大佐です」

「ブハウォストス大佐は日本語がお上手ですね」

「冥界に住むようになると、言葉は自由自在になるものだよ。この世に数えきれない言語があるのは、神の御業（みわざ）によるのだ。大昔、人類がバベルの塔をつくり神に挑戦しようとしたので、神は人間の言語をかき乱し、意思の疎通ができないようにして、塔の建築を中止させたのだ。だが、冥界に入ると、神は人間の言語の障壁を取り除いてくださるのだ」

「そうなんですか。私は防衛大学校で英語やドイツ語を学んでいますが、言語の障壁は大きいですね。

大佐がバルチック艦隊の第1戦艦隊の戦艦アレクサンドルⅢ世の艦長だったとは驚きです。日本海海戦については防衛大学校の戦史の授業で教わりました。日本の連合艦隊にとってもロシアのバルチック艦隊にとっても負けられない、大変な戦いだったのですね」

「敗軍の大佐があまり語るべきではないかもしれないが、今日は日本の将来を担う士官学校生徒のタチバナ君に私の思いを話したい」

日本海海戦で採用されなかったバルチック艦隊の「奇策」

「有難うございます。大佐のインペラートル・アレクサンドルⅢ世は、バルチック艦隊司令長官のジノヴィー・ロジェストヴェンスキー提督が座乗する旗艦クニャージ・スヴォーロフの後を続航していたのですね。」

「その通りだ。戦いの様子については、タチバナ君も承知の通り、1905年（明治38年）5月27日14時05分に火ぶたが切られた。旗艦三笠（みかさ）に座乗する東郷（とうごう）提督は、我が第1戦艦隊の北微西8000メートルの地点で左回頭『取舵（とりかじ）一杯』を命じた。これには私たちロシア艦隊は正直なところ驚いたよ。これにより東郷提督に主導権を握られたような気がした。武夫君もご承知の通り、戦争では何らかの方法で主導権を握ったほうが有利になる。

14時08分、バルチック艦隊は『この機を逃すまじ』と砲撃を開始し、先頭を走る三笠に砲弾を集中した。それに対して日本側は、沈黙を保ちながら距離が縮まるのを待ち、14時10分に三笠が距離6400メートルをもってロジェストヴェンスキー司令官が座乗する旗艦クニャージ・スヴォーロフに向けて砲撃を始めた。

14時30分、連合艦隊の砲撃は正確で、スヴォーロフの舵機が破壊され急回転し、戦列から落伍し始めた。私はすぐにそれを察知し、アレクサンドルⅢ世を先頭に立てて嚮導艦(きょうどうかん)として艦隊を率いて戦ったが、わが艦にも日本連合艦隊の砲火が集中し、わずか15分でアレクサンドルⅢ世も猛火に包まれ艦列の外に出ざるを得なかった。幸いにも一度は回復して再び嚮導艦となるが、16時からの日本海軍の砲撃により再び艦列の外に出た。

18時頃からの砲戦では10隻の主力艦列で6番目に位置していたが、艦首が破壊されて左舷に傾いており、ほどなく艦列の左側へ脱出した。乗員の必死の復旧作業も実らず、19時頃左舷より転覆して沈没した。多数の兵士が艦から滑り落ちるように脱出を試みたが、残念ながら全員が艦とともに水没し戦死した。

私は艦が沈没する時点ではもはやこの世の人ではなかった。日本の連合艦隊が使用した下瀬火薬の焼夷力が極めて強く、アレクサンドルⅢ世は砲弾が命中したかと思ったら、艦全体が短時間に炎に包まれた。私もアッと言う間に猛火に焼かれたうえ、砲弾の破片でズタズタに切り裂かれ、ほとんど即死状態で昇天したのだった。武夫君、これが当時の海戦の実態だよ」

「戦争とはいえ、本当に痛ましいですね。大東亜戦争においては、日本海軍もアメリカ海軍との海戦では、ブハウォストス大佐が経験されたような悲惨な戦いを強いられました。日本の『海行かば』という軍歌の冒頭に、『海行かば水漬く屍』という歌詞があります。ブハウォストス大佐は祖国ロシアのために、この歌詞にある通りの『水漬く屍』となられて最高の忠節を尽くされたのだと思います。」

「そう言ってくれて有難う。実は、私は日本海海戦がこのような日本連合艦隊によるワンサイドゲームになることを予見し、恐れていたんだ。私は、バルチック艦隊と連合艦隊の戦いをさまざまな角度から比較・分析することによって、バルチック艦隊が不利であることを予見できていたのだ。

１９０４年10月15日にバルト海のリバウを出港したバルチック艦隊が対馬海峡に到着したのは翌年5月27日で、兵士も艦艇そのものも疲弊の極みにあった。頼みにしていた旅順艦隊は旅順の陥落（１９０５年1月）により、すべての艦が使用不能状態となってしまった。東郷提督の連合艦隊はこのチャンスを利用して、艦を整備し訓練に励んでいた。これがワンサイドゲームに繋がった主な理由だ。

極東に向かう途上、バルチック艦隊は4月14日にフランス領インドシナのカムラン湾に入り、第3太平洋艦隊（バルチック艦隊の増援艦隊）を待った。私はこの間に艦隊司令官のロジェストヴェンスキー少将を訪ね、『奇策』を実行するよう具申した」

「どんな『奇策』だったのですか」

「バルチック艦隊を対馬海峡から日本海経由でウラジオストックには向かわせず、東京と大阪を直接攻撃する策である。日本の連合艦隊と決戦してワンサイドゲームで負け、バルチック艦隊が海の藻屑になるよりも、生き残って日露戦争の勝利に貢献するのが作戦のうえでは上策であると考えた。そこで私は『奇策』を案出したわけだ。その『奇策』とはこうだったよ。

バルチック艦隊を3つのグループに分けて編成する。第1グループは速度の速い少数の『囮(おとり)艦隊』である。第2グループは沖縄東方から九州及び四国の東側を北東方向に進み、瀬戸内海を経て大阪湾に向かう艦隊。第3グループは第2グループと同じく、沖縄東方から九州の東側を北東方向に進み東京湾を目指す主力艦隊である。

第1グループは対馬海峡あたりで待ち伏せしている日本の連合艦隊と接触後、これを拘束して第2・3グループ正面に移動させないのが任務である。連合艦隊にバルチック艦隊の主力と誤認させる必要がある。接触したら早々に砲撃を開始し、連合艦隊を引きつける。

連合艦隊が砲撃を開始したら南方に逃げる。連合艦隊が囮艦隊であることに気づき、バルチック艦隊主力の第2・3グループを関門海峡経由で攻撃するために反転しようとしたら、すかさず追いかけて砲撃する。こうして連合艦隊を拘束して、時間稼ぎをするのが第1グループの任務である。

第2グループは沖縄・九州の東側を北東方向に進み、豊後水道から侵入して、まず門司・下関を砲撃し、満州への軍需物資の積出港を破壊する。また、日本の連合艦隊が西のほうから侵入できないように関門海峡を機雷封鎖することも必要だ。次いで反転して、瀬戸内海を東北方に遡上しながら山陽本線を砲撃し、満州向けの兵站輸送を担う列車にダメージを与える。呉の海軍工廠（当時、ドイツのクルップと比肩しうる世界最大級の兵器工場）や日本海軍士官揺籃の地である江田島の海軍兵学校も砲撃・破壊する。最終的には大阪湾に突入し、海軍陸戦隊を応急に編成し、大阪（可能なら京都も）を占領する。日本の連合艦隊の攻撃に対しては、大阪市民を人質にとって対処する、という計画だ。石炭や食料・水などは大阪周辺からの『現地調達』による。もちろん、海賊のように略奪するわけではなく、ルーブルや金を支払って大阪商人から『購入』するのだ。バルチック艦隊には貴金属のインゴットなどを積んだアドミラル・ナヒモフ号が随伴していたのだから。

第3グループは沖縄・九州・四国の東側を北東方向に進み、遠州灘を経て東京湾口に突入して、まずは横須賀海軍基地・海軍工廠などを砲撃する。一隊を湾口に残置して、日本の連合艦隊の追撃に備える。主力はさらに東京湾深く侵入し、皇居を射程圏に収め得る水域にまで侵入する。海軍陸戦隊を応急に編成し現在の港区付近の要点を占領し、日本政府との交渉拠点を設ける。石炭や食料・水などは『現地調達（強制的に購入）』による。

このような『不敗・人質確保』態勢の確立後、ロシア本国からシベリア鉄道～ウラジオストック～舞鶴経由で、ニコライ二世勅任の外交交渉団を速やかに派遣してもらう。大津事件で日本に遺恨を持つニコライ二世は、この

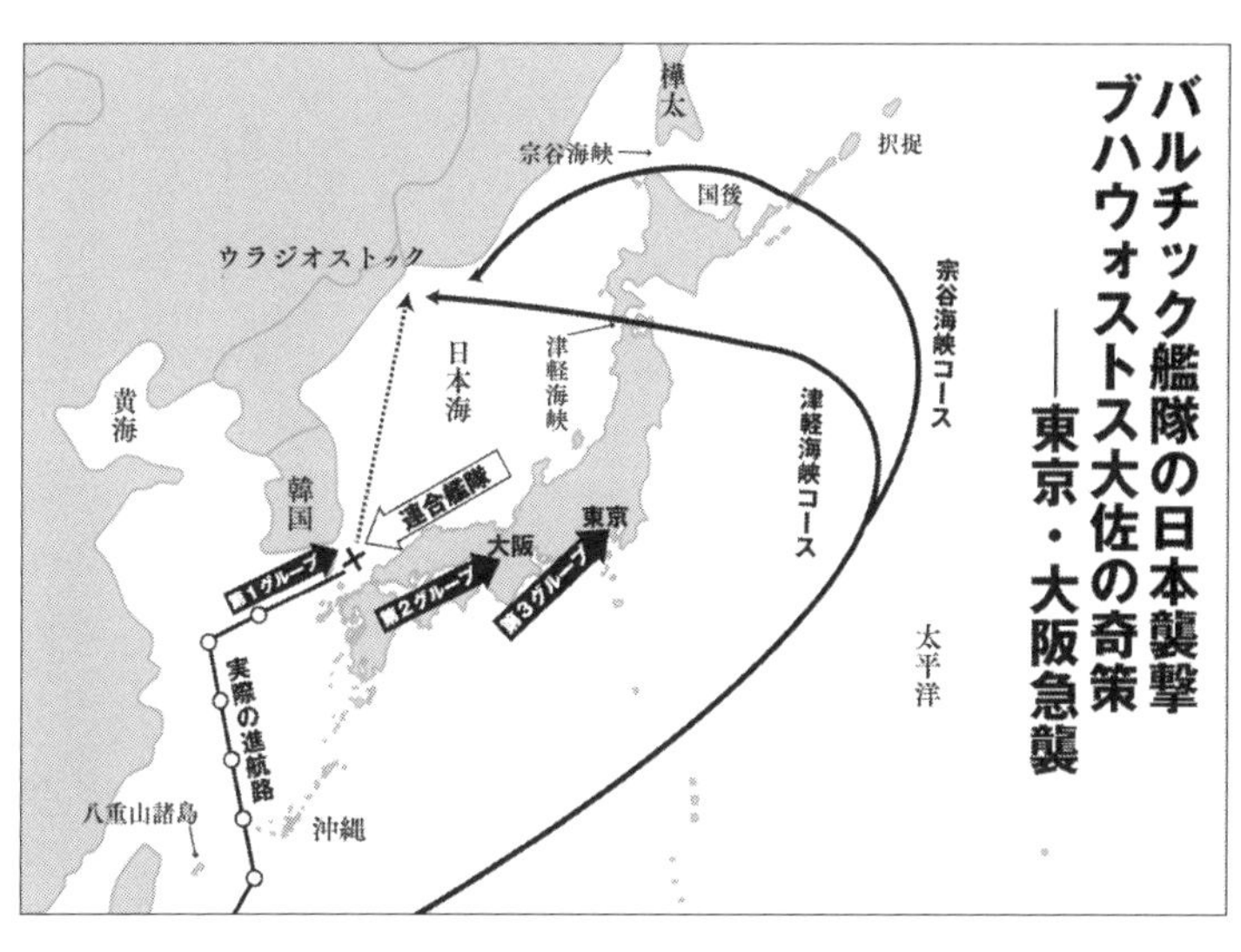

挙を成し遂げたロジェストトヴェンスキー提督に満足したことだろう。これが私のロジェストヴェンスキー提督に具申した『奇策』である。

今振り返ると、私の『奇策』が採用されておれば、バルチック艦隊は対馬沖で海の藻屑と消えずとも、生き残るだけではなく、損害を最小限にして敵（日本）の策源地の中枢にダメージを与え、事実上満州軍の兵站を枯渇させるどころか帝都（天皇）さえも人質にして有利な外交交渉に持ち込めることになったはずだった。私の『奇策』が採用されず、結果としては、バルチック艦隊が海の藻屑と消え、将兵の多くが『水漬く屍』になってしまったことは返す返すも悔しい」

「そうだったのですか。大佐の『奇策』が採用されていれば日露戦争の局面も大幅に変わり、日本は亡国の危機に直面していた可能性がありますね。ところで大佐、ここ宮ノ首ではロシア人に似た女の子が生まれ、住民は『ロシア兵の祟り』と恐れているそうですが、何か心当たりはありませんか」

「いやいやそれには深いわけがあるんだ。そのことについて今から落ち着いてゆっくり話そう。立ち話も何だから、そこの野芝の上に座ろうではないか」

「ロシア兵の祟り」の真実

〝二人〟は大佐に促されて、近くの野芝の上に座った。ブハウォストス大佐は話を続けた。

「私は祖国のロシアから約７５００キロメートルも離れた日本の対馬海峡で戦死し、焼け焦げてズタズタに傷んだ遺体の状態で、ここ宇久島の汐出浜に漂着したというわけだ。もしも、階級や名前が分かる軍服などが焼けずに残っておれば、それを頼りに、私の霊魂は私の祖国・故郷・家族のもとに戻れる手立てがあったかもしれない。だが、残念ながら遺体・軍服はその痕跡をとどめていなかった。だから、宮ノ首の人たちは私の遺体を身元不明の〝水兵〟として、宮ノ首集落の人たちの流儀で埋葬してくれたわけだ。だが、それでは私の霊魂が天に昇る――仏教用語では『成仏』というのだったかな――ことはできない。私は、戦死して以来30年以上も異郷の地で孤独を味わっていたのだよ。その間、私にできることは私の宗教であるロシア正教の生神女マリア様にひたすら祈り続けることだけだった」

「それは困りましたね。だから大佐は、宮ノ首集落に『祟り』をもたらしたのですか」

「武夫君、まあ聞いてくれたまえ。私の遺体をねんごろに埋葬してくれた宮ノ首集落の人たちを祟るようなことは絶対にない。ロシア海軍士官の誇りにかけて、そんなことは絶対にありえない！」

「でも、一昔前のことですが、宮ノ首の漁師たちは夜釣りに出かけたとき、厄神鼻の前を通ると火の玉が見えると怖がっていたそうですね」

「それは、まさに孤独の真っただ中でやるせない思いで、暗闇の中で泣いていたときのことだ。私の涙が漁火に反射して火の玉に見えたのかもしれないね」

「そうだったのですか。その後、大佐の孤独は救われたのですか」


「幸いに、私のマリア様への祈りが通じたのだよ。ある夜、マリア様がここ汐出浜の磯辺においでになられた。それは、1939年（昭和14年）のことだった。マリア様はこう仰られた。

『ブハウォストス大佐、お国のためによく戦いましたね。そして身分も判別できない姿でここに漂着したのですね。日本の宮ノ首の人たちのお陰で埋葬していただきましたね。あなたが無念で寂しい気持ちはよく分かります。私はあなたの心の拠りどころとなるように、宮ノ首集落で、あなたがサンクトペテルブルクに残してきた一人娘のアンナ――日露戦争当時4歳――に生き写しの女の子が生まれるようにしてあげましょう。もちろん、私自身ではなく、イエズス様にそうお願いして叶えていただくのですが。そのためには、日本の神様の応援・協力が必要です』

『えっ、私の娘アンナに生き写しの女の子が生まれるのですか？　そして、日本の神様が応援してくださるのですか？　そんなことがあり得るのですか？』

『当然です。イエズス様にできないことは何もありません。また、すべての神様は限りなく人を愛しているのです。お国のために戦死したブハウォストス大佐のためなら、日本の神様も喜んで協力してくれるはずです。私も、日本の軍人がお国のために戦って亡くなった場合、日本の神様から求められれば喜んで協力します』

『ところで、マリア様はどこの何という日本の神様に協力を求めるのですか』

『ここ汐出浜のすぐ近くに厄神社がありますよね。源氏に敗れ宇久島に逃れてきた平家盛公が建立と言われているわ。地元では〈やっじんさん〉と親しまれています。そこの神様は山城国（やましろのくに）・男山八幡宮（おとこやまはちまんぐう）の摂社（本社に付属し、その祭神と縁故の深い神をまつった神社）の御分霊と言われますが、この間お目にかかって直接聞いたら、自らを素盞鳴尊様と言われたわ。素盞鳴尊様は、自称、〈疫病・五穀豊穣・漁が得意正面〉と仰られました。

　大佐は私と一緒に厄神社に行って素盞鳴尊様に挨拶してください。私は、すでに素盞鳴尊様にあなたのことを相談申し上げています。素盞鳴尊様はきっとあなたの願いを聞き届けてくださるはずよ』

　マリア様がそう言われるので、私はマリア様につき従ってすぐ近くにある厄神社に行ったよ。鳥居をくぐった先は延々と階段だった。君たちもすでに参拝したと思うが、神社はかなり高い山の上にあった。社殿は巨岩の懐に抱かれるような形で建っていたよ。社殿に着くと日本の神様の素盞嗚尊様が待っておられた。

『マリア様、再びようこそ。わざわざ遠いロシアより、よくおいでくだされました』

『素盞嗚尊様、今日は先日お願いした件で、再びロシアの地から参りました。実は、日本海海戦で名誉の戦死を遂げられたロシア海軍のブハウォストス大佐の霊を一緒に連れて参っております』

『そうですか。汝（なんじ）ブハウォストス大佐は名誉の戦死を遂げられたのか』

『はい。遺体は縁あってか、ここ汐出浜に漂着しました』

『そのことは存じておる。宮ノ首の衆が汝の遺体を汐出浜から引き揚げて、ねんごろに埋葬したことも見ていたよ』

『はー、恐れ入ります』

ここで、マリア様が話された。

『バルチック艦隊は1904年10月15日、リバウ軍港（現在はラトビア・リアパーヤ港）を出港して遠路、日本近海へ向かいました。大佐はロシアに妻のアリアズナと一人娘のアンナ——当時4歳の——を残しております。残念ながらリバウ軍港での別れが永遠の別れになってしまったのです。それ以来ブハウォストス大佐は一人で遠隔の地・宇久島の汐出浜で30年以上も寂しい日々を送っております。

朝な夕な大佐はその切ない思いを私に訴えていることを知り、心を痛めてきました。そこで先日私が厄神社に素戔嗚尊様を訪ね、何か良い方法はないものかとご相談申し上げたところ、素戔嗚尊様から大佐の一人の愛娘に生き写しの女の子がここ宮ノ首村落に生まれるようにするというアイディアを頂きました。それで、今日はこうやってブハウォストス大佐の霊を連れて参ったのでございます』

マリア様と素戔嗚尊様のお恵み

素戔嗚尊様が申された。

『大佐のお気持ちはよく分かりました。私もお手伝いしましょう。ここ宮ノ首集落のある家に、オランダ人の血を引き継ぐ女の嬰児が生まれる予定です。なぜオランダ人の血を引き継ぐのか疑問でしょう。

19世紀の中頃、宇久島の南方約3キロにある六島（むしま）にオランダの船が漂着しました。そこで日蘭の混血があり、その子孫の女人が宮ノ首をはじめ、宇久島のあちこちの集落に嫁いできたので、その後、白人の容姿をした嬰児が各所で生まれます。先日マリア様と話し合ったように、私とマリア様の力で、来年の春4月に古賀力とイサ子夫婦に生まれる女の赤ちゃんを、大佐の一人娘のアンナに生き写しのような姿にすることに決めました。その子の名前は安奈とします。近いうちに、古賀夫妻の夢枕に私が立ってそのことを告げ知らせ、古賀夫妻を納得させるつもりです。その見返りとして、安奈の成長と古賀家の繁栄は地元の私が細心の注意をもって応援します』

私（大佐）は感謝の気持ちを込めてこう述べました。

『私のためにそこまでご尽力いただき、心から感謝申し上げします。私も安奈の誕生が楽しみです。〝霊魂〟の私にとって、きっと素晴らしい〝生き甲斐〟になると思います。私も及ばずながら、安奈の幸せと古賀家の繁栄になることを手伝わせていただきたく存じます』

このように、マリア様は遠路はるばる厄神鼻においでになり、私を素盞嗚尊様に引き合わせてくださり、素盞嗚尊様のお力を借りて安奈の誕生をお計らいくださったのである。マリア様はこのようなお恵みを私にくださった後、サンクトペテルブルクに戻って行かれました。私はマリア様と素盞嗚尊様の有難い思し召しに深く感謝しております。

その後私は、毎日厄神社を参拝し、素盞嗚尊様に祈りを捧げております。大東亜戦争直前の昭和15年（１９４０年）3月末のある日、素盞嗚尊様が『大佐よ、私は明日の夜、古賀夫妻の夢枕に立つ。お供せよ』と仰せになりました。その夜、私は素盞嗚尊様のお供で古賀家に行きました。古賀家は半農半漁で、夫妻の勤勉努力により繫栄していると見え、石垣に囲まれた屋敷の中に立派な家がありました。

古賀家は力とイサ子夫婦の他に姑のシゲコがいた。シゲコの夫の保彦（やすひこ）は日露戦争時、帝国陸軍の歩兵24連隊——福岡連隊——の兵卒として従軍していたが、奉天海戦で名誉の戦死を遂げたそうだ。

古賀家に入ると、夫妻は寝室で安らかに眠っていました。素盞嗚尊様は二人の枕元に立ち、厳かにこう言われました。

『私は厄神社の素盞嗚尊なるぞ。汝古賀夫妻にはもうすぐ赤ちゃんが生まれるなあ。その子は女の子で、日本人離れしていて、色が白く、髪は茶色で、目は青く、体格が日本人よりも一回りも二回りも大きい。しかし、まぎれもなくそなたたち二人の愛の結晶だ。その子は、明るく、美人で、聡明な人間になる。大切に大切に育てるべし。名前を安奈とせよ。私は世に〝勇猛の神〟と言われるが、五穀豊穣、厄よけ開運、縁結びの神である。ここ宇久島においては島民を疫病から守り、豊漁をもたらす神ぞよ。古賀家の健康と漁業の豊漁を約束しよう』

素盞嗚尊様が夫婦にこう申されると、二人は寝顔ながらも緊張の面持ちでしっかりと素盞嗚尊様のお言葉を聞き、喜んで受け入れた様子が見えた。

次に、素盞嗚尊様は、別室に寝ている姑のシゲコの夢枕に立たれ、古賀夫妻に話されたのと同じ内容を伝えた。シゲコの反応は古賀夫妻よりも激しかった。シゲコは素盞嗚尊様のお告げに、恐縮の体で手を合わせて拝みつつ、寝言ではあるが、『素盞嗚尊様有難うございます。私にとっては初孫、しかも女の赤ちゃんをお授けいただき感謝申し上げます。大切に、大切に育てます』と恭しくも、かなり大きな声で奉答した。

安奈の誕生

こうして、その翌年の4月に女の赤ちゃんが生まれた。古賀夫妻は素盞嗚尊様の言いつけ通りその子を安奈と名づけた。安奈はロシアで別れた私の愛娘のアンナとそっくりだった。

私は生まれたばかりの安奈を見たときは本当に感動した。イサ子ママに抱かれている安奈を見たときは、近づいて頬ずりをし『ミーラチカ(かわいい)』と感動の声を上げげた。もっとも、霊となってしまった私の声や頬ずりはイサ子ママと力パパには全く聞こえるはずもなく、見えないことだった。

だから、安奈が泣いていても抱きかかえてやれず、オシメが濡れても私は取り換えてやることはできなかった。だが、可愛い安奈の姿を見ることができるだけで、最高の幸せを味わうことができた。

不思議なことだが、安奈は物心つくまでは、見えないはずの私のことが分かるようだった。私が安奈の傍近くにいると、じっと私の顔を見つめて笑いかけてきた。そして、1歳頃になると『アー』『ウー』『クー』といった声を出して私に話しかけるようになった。私はその安奈の声が『パパ、パパ』と聞こえた。私も思わず、『アンナ、パパだよ。アンナは可愛いね』と声なき声で話しかけたものだ。

安奈とそんなやり取りをしていると、ロシアに残してきたアンナとも同じような『会話』をしていたのを思い出し、涙が止まらなかった。目の前の安奈との楽しい語らいと同時に、ロシアに残したアンナとの悲しい別れの思い出が私の心の中に噴出し、複雑な思いだったよ。ただし、私がロシアに残したアンナを見ることができたのはあの子が4歳のときまでだった。

宮ノ首の安奈が成長すれば、私が見ることができなかった4歳を過ぎてからの愛しいアンナの成長する姿を見ることができるのだ。マリア様と素盞嗚尊様、それに古賀夫妻には心から感謝した。私にとって、安奈の育っていく様子を見るのはこの上なく嬉しくも楽しいことだった。

一方、ロシアに残したアンナの消息についてはマリア様がときどき教えてくださった。日露戦争が終わると、ロシアは大混乱に陥り、1917年(大正6年)にはロシア革命が起こり、1922年(大正11年)にはソ連共産党政権が樹立された。妻のアリアズナと娘のアンナは帝政ロシア海軍大佐の家族であることからブルジョア階級と見做され迫害を受けた。二人は運よくアメリカに脱出することに成功した。アンナはアメリカで大学を出て国務省に勤め、同僚の外交官と結婚したそうだ。私にとっては一安心だった。

安奈が生まれた3年後に弟の勇吉(ゆうきち)が生まれた。勇吉は安奈とは違い、ヨーロッパ人の特徴は見られなかった。古賀夫婦は「同じ兄弟でも違うものだ」と不思議がった。勇吉はヨーロッパ人の面影こそ見られなかったものの、成長の速さ、運動能力、頭の良さなどは安奈と同じだった。

私が厄神鼻に漂着して以降、日本でも大きな災いが起こった。1923年(大正12年)の関東大震災、1930年(昭和5年)の世界恐慌・昭和恐慌、1937年(昭和12年)の支那事変勃発、1939年(昭和14年)の欧州での第二次世界大戦勃発、そして1941年(昭和16年)から45年(昭和20年)までの大東亜戦争が続き、この僻地の宇久島にまでもその影響が及んだよ。

力パパとイサ子ママは大東亜戦争の少し前に結婚した。力パパは宮ノ首集落育ちで、イサ子ママは宮ノ首から4キロほど西にある下山(しもやま)集落から嫁いできた。大東亜戦争では、力パパは2年ほど徴兵され、イサ子ママと生まれたばかりの安奈を島に残して佐世保の海軍工廠で働いていたが、終戦により無事帰島できた。

戦後は日本全体が食糧難であったが、半農半漁の古賀家は食べるに困ることもなく、平和な日々を過ごすことができた。それどころか、力パパはもともと漁労に長け、素潜りに優れていたので、収入は十分であり、一家は栄え、安奈も何不自由なく暮らしていた。もちろん、力パパの漁の成果は〝水面下〟で素盞嗚尊様と私が〝見えざる手〟により助けていたのも事実である。

力パパは漁師としてだけではなく人望の点でも、宮ノ首集落や本飯良集落の人たちから一目も二目も置かれていた。また、妻のイサ子ママは働き者で、集落の人たち誰もが認める『良か人』だった。イサ子ママは安奈と同じオランダ人の血を引いていて、安奈ほどではないが色白で彫りの深い顔の美人だった。古賀夫妻は安奈を『目の中に入れても痛くない』ほどの可愛がりようだった。

マリア様と素盞嗚尊様のお計らいで、安奈はロシアに残したアンナに生き写しのまま成長を続けた。安奈は私にとっても『実の子』のような気がして可愛くてたまらなかった。安奈とアンナの年の差は約40歳だったが、私の記憶に焼きついている幼いアンナが、宮ノ首の安奈として成長し、それをアンナと重ねることで4歳以降のアンナの姿を見ることができた。時間を遡ってアンナの成長する姿を目の当たりにできるのは、何と幸せなことか、と感動し感謝したものだ。ただ、私は自分を戒め、古賀夫妻の邪魔にならない範囲で安奈を眺めることにした。

安奈は終戦翌年の１９４６年（昭和21年）に飯良(いいら)国民学校（１９４７年〈昭和22年〉から飯良小学校に改称）に入学した。小学校は飯良の高台にあり、校庭には大きな栴檀(せんだん)の木があった。この木は『栴檀は双葉より芳し(かんば)』という言葉にあやかり、『この学び舎の子供たちが将来大成するように！』という願いを込めて植えたものだと言われている。

クラスメートには安奈と同様にヨーロッパの血統を残す女の子――山内悦子(やまうちえつこ)さん――がいた。安奈も悦子さんもクラスメートよりも体格が一回りも二回りも大きく、色白で彫りの深い顔立ちだった。二人はまるで姉妹のように仲が良かった。成績も二人揃(そろ)って際立って優秀であり、運動会の駆けっこでも抜群で、男の子たちよりも速かった。

安奈と悦子、運動会・学芸会で大活躍！

安奈の成長を見守る中、初めて見る日本の運動会は、私にとって大変興味深いものだった。運動会のやり方は、私に言わせてもらえば、日露戦争直前から始まったアテネオリンピック（1896年）の子供向けミニチュア版のような印象だった。種目は徒競走だけではなく、玉入れ、組体操、綱引き、騎馬戦、ダンス、集落対抗リレー、パン食い競争など盛りだくさんだった。

この日は、子供だけではなく大人も総参加の一大イベントで、娯楽の少ない島では、親子総ぐるみのレジャーでもあった。村人たちは農作業・漁業を完全に休み、小・中学生のいない家族も参加した。宇久島は田んぼが少ないので、武夫君も知っている通り主食は薩摩芋と麦飯だ。だけど、運動会の日ばかりは米を炊き、白飯をお握りにしたり、アワビ、サザエ、ウニをたっぷり入れた炊き込みご飯や豊富な魚介料理をトッピングしたばら寿司を用意した。また、お菜には大根や里芋と魚介類の煮物やワタリガニを茹(ゆ)でたものなどがあった。さらに、おはぎやサルトリイバラの葉っぱで包んだ団子などのデザートも準備したほか、島ではほとんど採れない柿、ミカン、リンゴ――島外からの〝輸入品〟――なども奮発した。

男衆には自家製の芋焼酎（密造酒）も欠かせなかった。私も芋焼酎は飲んでみたがなかなかの味で、同じ蒸留酒のウォッカに似たところもあった。大人たちは、芋焼酎が一杯入ると応援に一層熱が入り、盛り上がった。徒競走での我が子の出番では、親たちは必死の形相で『権三郎気張れー、虎雄に負くんな！』と大漁旗を打ち振って大声で応援した。

安奈の古賀家も、悦子の山内家も娘たちがダントツに速いので鼻高々であったし、ダンスのときも二人の娘はひと際目を惹くほどの美しさだった。ロシア人の私にとっても誇らしく、心のうちで『ハラショー（素晴らしい）！』と叫んだものだ。

こんな事件もあった。留守にした集落の一軒の家から煙がモウモウと上がり始めたのだ。煙に気づいた一人が『ありゃ、火事じゃなかとね』と言うと、『おお、火事たい！』と、人々の関心は運動会から火事に移り、子供たちを残して、即席の大人の〝徒競走〟が始まった。幸いボヤで消し止められたが、この椿事に運動会は水をかけられたものだ。

運動会同様に学芸会も集落総ぐるみのイベントだった。当時島には娯楽も乏しかったため、集落の大人たちもただ我が子の出演を見るだけでなく、まるで芝居見物のように学芸会そのものを楽しみに見に行った。もちろん、運動会と同様に豪華なお弁当を用意して大人も子供も楽しんだものだ。もちろん私にとっての大きな楽しみは安奈の活躍を見ることだった。

私の記憶に残る学芸会は、6年生の安奈が白雪姫(ドイツ民話をもとにグリム兄弟が書いたもの)を演じたときで、実に素晴らしいものだった。一方、悦子は継母のお妃様を演じた。

教室をぶち抜いた演劇場の幕が開き、白雪姫物語が始まった。ヨーロッパの白人女性そっくりの安奈と悦子が西欧風の衣装に身を包むと驚くほどリアルな白雪姫とお妃に変身した。二人が舞台に登場すると、大人たちはその美しさを見て驚きを隠せなかった。〝親〟のひいき目かも知れないが、あの美しさは日本人には真似ができない。かぐや姫は日本人の女の子が似合うように、白雪姫やシンデレラはやっぱりヨーロッパ系の白人の女の子のほうがピッタリだ。

お妃役の悦子が魔法の鏡に向かって『世界で一番美しい女は?』と訊ねると、鏡の裏から、『世界中であなたが一番美しい』というガキ大将の徳山虎二(とくやまとらじ)の声が返ってきた。魔法の鏡役の虎二の出番は〝声だけ〟だった。悦子がその答えに喜ぶ演技は真に迫っていた。

ところが白雪姫が美しいお姫様に成長すると、魔法の鏡の答えは白雪姫に変わってしまった。『自分よりも美しい者がいるなんて!』と怒ったお妃は、白雪姫を殺すように家来に言いつけた。

いよいよ安奈が扮する白雪姫の登場となった。日本人離れした容姿の安奈が演じる白雪姫は本当に美しかった。村落の大人たちは安奈の一挙手一投足にくぎづけになり、演技の見事さにどよめいた。

家来はお妃の命令に背き、白雪姫をこっそり森の奥に逃がした。白雪姫はそこで七人の妖精の家を見つけ、居候させてもらった。七人のクラスメートが小人役を演じたが、安奈が扮する白雪姫は一回り体が大きいので役柄にピッタリだった。

虎二が扮する魔法の鏡によって、白雪姫がまだ生きていることを知ったお妃は毒リンゴを作ると、自らリンゴ売りのおばあさんに化け、小人の館を訪れて白雪姫をだまし、毒リンゴを食べさせることに成功した。白雪姫はリンゴを一口かじると毒が回って倒れてしまった。村人たちは、安奈と悦子の二人が演じる白雪姫とリンゴ売りのおばあさんのやり取りにハラハラドキドキだった。

仕事から帰ってきた妖精たちは、白雪姫が死んでしまったと思って、嘆き悲しんだ。するとそこへ、嵐に遭った王子様——宮﨑義彦君がその役——が迷い込んできた。王子様が優しくキスをすると、白雪姫は深い眠りから無事に目覚めた。集落の人たちは白雪姫の生還に拍手喝采だった。私も『オーチンハラショー（とても素晴らしい）』と叫び、集落の人たちの後ろのほうからスタンディングオベーションに加わらずにはおれなかった。

学芸会が終わった後のことだが、思いがけない展開が待っていた。安奈と悦子の〝白人コンビ〟が白雪姫の劇で活躍したことに対する嫉妬が子供たちの中に広がった。魔法の鏡役で声だけが出番だったガキ大将の徳山虎二を中心に男の子たちが安奈と悦子に対して『ロシア水兵の祟り。あいのこ(混血児)』などとはやし立てるようになった。大人たちの中にも安奈と悦子が日本人離れした容姿に生まれたのは、ここ宮ノ首集落に漂着したバルチック艦隊の水兵の死体の『祟り』のせいだと本気で信じる人たちがいた。

安奈と悦子とその家族にとっては『ロシア水兵の祟り。あいのこ』などと中傷されることは耐えられない苦しみだった。私自らがガキ大将の徳山虎二などの子供やその両親の夢枕に立ち、諫(いさ)めてやろうかと思った。しかし、よく考えてみると、私が夢枕に立つと悪ガキたちが『ロシアの水兵が夢枕に現れ俺たちに因縁をつけた。やっぱり安奈と悦子はロシア水兵の祟りだ』といじめをエスカレートしかねないと判断した。

私は思い余って、素戔嗚尊様に相談するために厄神社にお参りに行った。素戔嗚尊様は、『ブハウォストトス大佐よ、そなたの願いはよく分かった。私に任せなさい。今夜、悪ガキたちの家々を丑三(うしみ)つ時(午前2時~2時30分)あたりに回ることにする。私のお供をしなさい』と言われた。

その日の深夜、私は素戔嗚尊様のお供をして最初にガキ大将の徳山虎二の家に行った。『草木も眠る丑三つ時』と言われるように、徳山の家族は全員ぐっすり眠りこけていた。素盞嗚尊様はガキ大将の虎二とその両親の茂吉とオマの夢枕に立ち、厳かにこう告げた。

『私は厄神社の素盞嗚尊である。虎二よ、お前は仲間の男の子たちと一緒に学校の級友である安奈と悦子を、【ロシア水兵の祟り。あいのこ】などとからかっていじめているな。安奈と悦子、さらにはその家族がどれほど悲しい思いをしているか分かるか。今後一切二人をいじめるなよ。今度再びいじめると私が承知しないぞ。それこそ徳山家に私の【祟り】があることを覚悟しておけ。茂吉とオマも親として、しっかり虎二を指導しなさい。分かったか』

すると父親の茂吉が苦悶に満ちた寝顔で『素盞嗚尊様よく分かりました。今後一切虎二が安奈ちゃんと悦子ちゃんをいじめないように言い聞かせます。お許しください』と言った。

これを聞いて、素盞嗚尊様はさらに続けて諫めの言葉を申された。

『夜が明けたら、夫婦と虎二の三人で安奈と悦子の家に行き、虎二が悪口を吐いたことについてのお詫びの言葉を述べ、許しを請いなさい。いいな、今後一切安奈と悦子をいじめてはいけないよ。分かったか。もし私の言うことが聞けない場合は、それこそ私がこの徳山家をいじめてやるぞ。いいな』

徳山の親子は恐縮した寝顔で『分かりました。お約束します』と寝言を言った。素盞嗚尊様は私のほうを振り返り、『これでいいな』と目で合図をされた。素盞嗚尊様は虎二の他に安奈と悦子をいじめる数名の男の子の家を巡り、同じように夢枕に立ち、安奈と悦子に対するいじめを諫めた。

　素戔嗚尊様の戒めの言葉の効果はてきめんだった。徳山の親子は目覚めた瞬間から、異口同音に夢枕に立った素戔嗚尊様から戒めがあったことを打ち明け合った。そして、同じ夢を見たことで、素戔嗚尊様の戒めが本物であることを悟った。徳山の茂吉とオマ夫婦は虎二を前に座らせて、『素戔嗚尊様のお告げじゃ。もう二度と安奈ちゃんと悦子ちゃんに悪口を言うことは許さんからな。今日は、学校に行く前に古賀さんと山内さんのところに謝りに行こう。そして、虎二は学校に行って、みんなの前で安奈ちゃんと悦子ちゃんに謝れ。今度同じ過ちをしたら絶対に許さん』と強い口調で言った。

　いじめっ子の家族が古賀家と山内家で鉢合わせになったことで、改めて素戔嗚尊様の激しい怒りを知り、仰天した。古賀家と山内家も素戔嗚尊様の温かい計らいに感謝し、それ以上事を荒立てることはなかった。

　学校でも虎二以下のいじめっ子たちが安奈と悦子に対して心から謝りの言葉を述べた。それを機に子供たちは改めて友情を深め、安奈と悦子にとって学校は再び楽しい場所となった。

安奈、家事に大奮闘しながらすくすくと育つ

安奈は素盞嗚尊様のご加護のおかげで順調に育った。安奈の日々の暮らしは忙しかったが充実したものだった。安奈は水汲みや炊事洗濯など、祖母のシゲコとイサ子ママの手伝いをテキパキとこなした。成長の早い安奈は、水汲みを小学校1年生頃から始めた。

水汲みは、宮ノ首集落の井戸端に行ってキーキーと乾いた音を立てる滑車に吊り下げた釣瓶(つるべ)で水を汲み上げ、二つの大きな桶に満たす。これを天秤棒で背負い、自宅までの200メートルほどを運ぶ。桶の水をこぼさないようにバランスを取りながら歩くのがコツだ。

小学校1年生で水汲みを始めたときは、さすがの安奈も重い水桶を二つも吊るした天秤棒を担ぐとよろけて水がこぼれ落ち、モンペの裾を濡らしたものだ。初めのうちは、祖母のシゲコが水汲みに同行し、水桶が揺れて水がこぼれないようにするコツを教えた。安奈は短期間でそのコツを覚え、難なく水汲みができるようになった。

島では、水道の無い時代は、この井戸から汲んだ水を『ハンズ』と呼ぶ素焼きの大甕に貯めて、その水で炊事、洗濯、掃除などの一切をまかなった。

風呂の水汲みと風呂焚き(た)も安奈の仕事だった。武夫君も知っている通り、宇久島では炊事に使う燃料は黒松の落ち葉が主だった。宇久島の気候風土は黒松に適(かな)っており、島には広大な黒松の林があちこちに広がっている。島は別名『松の島』と呼ばれ、神社の境内や海岸の近くには樹齢100年を超える松の大木がそこかしこにあり、見事に垂れ広がった枝が島を渡る風に揺れている。ロシアでは見たこともない素晴らしい光景だ。松の落ち葉は、油分に富みよく燃えるので、少量でも比較的強い火力が得られるうえ、火加減も簡単にできた。

古賀家では力パパが漁に出ている間に、祖母のシゲコ、イサ子ママと安奈・勇吉姉弟が松林に落ち葉を拾い集めに行くのが常だった。島では燃料用の松葉集めのことを『山取り』と呼んだ。『山取り』に行くと、四人は『木葉掻き』と呼ばれる木製の熊手のようなもので、地面いっぱいにたまっている松の落ち葉や枯れ枝などを掻き集め、これを丸めて米俵のような形に固めて荒縄で束ねる。

半日ほども費やして、四人は力を合わせてこの松葉俵を何個もこしらえた。これを『カリノ』と呼ばれる背負子(しょいこ)の一種に一度に4個から5個(30キロ程度)も乗せて2キロ前後の山道を家まで運んだものだ。安奈・勇吉姉弟は初めのうちは松葉俵をシゲコやイサ子ママよりも減らして背負ったが、成長の早い二人はすぐに祖母や母と同じ荷を担げるようになった。

姉さんかぶりにモンペ姿のシゲコ、イサ子ママと安奈、ねじり鉢巻きの勇吉の四人は『カリノ』で山のように松葉俵を背負い、鼻の頭にいっぱい粒々の汗を吹き出しながら、山間（やまあい）のでこぼこ道を歩いて家路を急いだ。古賀家の家族は、不思議と鼻の膨らみに粒々の汗をかく体質だった。ロシアでもペチカ用の燃料は薪だった。ペチカの火と安奈が燃やす松の落ち葉の火の輝きは同じで、私の心にも温もりを感じさせ、郷愁を誘った。ついでに言うが、ロシアの食べ物と日本の食べ物はずいぶん違うことが分かったよ。

ロシアの主食はパンだ。ライ麦で作った黒パンや、ライ麦と小麦を混ぜたパン、小麦だけのパンなどさまざまな種類がある。お祭りや結婚式などのお祝いのときには『カラヴァイ』という美しい模様入りのパンを食べる。また、穀物や豆類を水やスープ、牛乳などで煮込んだおかゆの『カーシャ』も主食として食べる。特にそばの実のカーシャがロシアでは人気がある。

昼食や夕食によく登場する料理は、キャベツを煮込んだスープの『シチー』で、日本の味噌汁に相当する。スープ料理ではほかに、ビーツという赤むらさき色をした野菜の入った『ボルシチ』も人気だ。ビーツは赤いカブのように見えるが、カブの仲間ではなくサトウダイコンの仲間だ。

ロシア人は甘いものが大好きだ。甘いお菓子はお茶の時間に欠かせない。ロシアにはユニークなお菓子がいろいろある。生姜や蜂蜜、クルミ、ジャムなどを加えて作る焼き菓子『プリャーニク』は表面にきれいな模様がつけられ、誕生日や結婚式などのお祝いの席で出される。『スーシュカ』はロシアのお茶の時間に欠かせない、甘いパンのようなお菓子。小麦粉と卵などをこねてドーナツ形にし、熱した砂糖水にくぐらせてからオーブンで焼く。

宇久島の食物については武夫君に説明する必要もなかろうが、主食は薩摩芋、麦飯だよね。宇久島は田んぼが少ないので米は貴重品だ。タンパク質を摂る食べ物としてロシア人は肉やミルク・乳製品を食べるが、宇久島でそれに代わるのは実に豊富な魚介類だ。ここ宮ノ首は格別豊かな漁場があり、漁の名人の古賀パパのお陰で、安奈は美味しい魚やアワビ・サザエなどの料理を楽しんでいる。それを見ているだけで私も幸せだった。

ところで武夫君、君が宇久島で一番美味しいと思うものは何だ？」

宇久島のソウルフード「ガゼ味噌」

「大佐、それはガゼ味噌ですよ」

「ガゼ味噌って何なのだ」

「ガゼというのは馬糞ウニのことです。春先に私の母は冷たい海に入りガゼを採ります。茹でたガゼの殻を割って中の卵を取り出し、味噌と混ぜたものがガゼ味噌です。山椒やワカメを刻んで入れたりします。シンプルな料理ですが、抜群に美味しいです。これがあれば、麦飯を何杯もお代わりできます。私にとっては宇久島のソウルフードです」

「私が知らない宇久島のソウルフードがあったとは。武夫君が言うように食べるものは違っても、家族が一緒に食事をすることができるのは本当に幸せだね。安奈がいる古賀家の人たちが囲炉裏を囲んで食事をする様子を見ていると、私が生前にアンナと妻のアリアズナの三人で、赤々と燃えるペチカの前で食事をした風景が頭に浮かぶんだよ。懐かしくもあり、それだけに悲しくもあった。

牛の世話も安奈と勇吉の担当だった。春から秋にかけては、近くの火焚崎(ひたきざき)と呼ばれる海岸一帯の野芝原に牛を連れて行って放牧し、夕暮れには連れ戻しに行った。火焚崎はかつて宇久島に流れ着いた平家盛公が海士(あまんし)に発見され、助けられた場所だ。火焚崎の地名の由来は、漂着した家盛公を海士たちが焚火をして暖を取らせたことに始まるという。火焚崎は宇久島の西の端にあり、夕映えの眺めは絶景である。私は、沈む夕日を眺めては帝政ロシアの首都サンクトペテルブルク――火焚崎の西北西方向――を眺めては、涙を流したものだ。

宇久島では和牛は農耕に使われるほか、五島牛と呼ばれ、肉質が良いことでも知られる。

子牛は高値で買い取られ、農家の良い収入源だった。子牛が生まれると、安奈と勇吉はよく面倒を見た。島では子牛のことを『ベベンコ』と呼んだ。安奈と勇吉は、『ベベンコはみじょか（〝可愛い〟という意味の方言）ね』と撫でて可愛がった。しかし、成長すると島で開かれる競り市にかけて買い取られるという、悲しい別れが待っていた。二人は、ベベンコを撫でながら涙を流して別れを惜しんだ。ベベンコもそれが分かるのか、『モー、モー』と鳴いて悲しんでいるようだった。

宮ノ首の人々の暮らしを見ていると、人間が自然環境に適応する力があることを如実に感じることができる。ロシアの広大な畑に比べ、宇久島の段々畑は狭い。長い歴史の中で、島の人々は荒地を開墾して畑にし、石垣を築いて段々畑を作ったのだ。その労力の累積は如何ばかりであったろうか。段々畑は歴代の島民たちが糧を得るために営々と作り上げてきた汗の結晶なのだ。

段々畑の作物の主たるものは、薩摩芋と大麦の二毛作だった。江戸中期に始められた青木昆陽（あおきこんよう）の薩摩芋の普及で、いつ頃宇久島に伝わったのかは分からないが、薩摩芋こそが宇久島の食糧難を救ったのは間違いなかろう。宇久島の土壌は火山灰で肥沃ではなかったが、その土壌がむしろ薩摩芋には合っていた。武夫君、宇久島の芋は美味いだろう」

「大佐のおっしゃる通りです。島の薩摩芋は、本土のものとは比較にならないほど美味しいですよ。栗よりも美味いと言われています。芋の中に白い色の粉のような部分があり、何とも言えない美味しさです。福浦部落にある私の家では毎朝母が大釜で薩摩芋を蒸かし、家族は好きなときにそれを食べています」

「そうだろう、そうだろう。宇久島では芋と麦を交互に作付けするね。秋に芋を掘るとその後に麦を植える。秋も深まる頃、麦植えを始める。力パパは、夏から秋にかけて収穫が終わった芋畑や大豆畑の跡を、牛に引かせた鋤（すき）で耕した。『ホイ、ホイ、ホイ』と牛を励ましながら、鋤で土を捲（まく）っていくのだった。畑を耕す仕事は勇吉も手伝った。勇吉は小学4年生頃から、見よう見真似で、牛に引かせた鋤で畑を耕せるようになった。

畑を耕す仕事は力パパと勇吉にとっては重労働だった。煙草好きの力パパは、煙草を手放さないほどのヘビースモーカーだったが、このときばかりは、土にまみれながら長時間煙草を吸わず、鋤にしがみつくような格好で、牛に引きずられながら畑を耕していた。力パパと勇吉は、宮ノ首集落のあちこちに散らばっている10カ所ほどの段々畑で、牛に引かれながら汗と土まみれの日々を過ごすのだった。

私は、初めは実の娘のアンナそっくりの安奈だけを愛おしいと思ったが、古賀家の皆さんを見ているうちにだんだん情が湧いてきた。力パパ、イサ子ママ、勇吉、そしてシゲコおばあちゃんも私の身内に思えるようになった。不思議なことだ。だから、力パパと勇吉君の苦労は他人ごととは思えず、しっかりと見守ってやることにしたよ。

力パパと勇吉君の〝苦行〟が終わる頃、いよいよ一家総出の麦の種蒔き（まき）が始まる。家族それぞれに役割があった。力パパは、牛車で堆肥などを運んだ。イサ子ママは、〝広蒔鍬（ひろまきくわ）〟と呼ばれる幅の広い鍬で、麦の種を蒔くための浅めの溝を掘った。その溝にシゲコおばあちゃんが野茨の古株のように異様に曲がった指で、器用にほどよい密度で麦の種を蒔いた。

シゲコおばあちゃんの曲がった指

シゲコおばあちゃんはその昔、近くの田んぼに芹を摘みに行ったとき、右手の親指をマムシに噛まれたそうだ。当時は血清が手に入らず、たいした治療もできなかったという。シゲコおばあちゃんはマムシの毒による苦痛の様子を、孫の安奈や勇吉にこのように語るのが常だった。

『マムシに噛まれた右手を中心に熱が出てきて、痛くて痛くて、布団に包まってウン、ウン唸って耐えとったとばい。親指だけじゃなく、右手全体が腕のつけ根まで丸太のごっ腫れて、〈ああ、もう死ぬとばいね〉と観念しとったとよ。ばってん、不思議なもんたいね。若かったせいか、自然に腫れが引いてきて良うなったとよ。ばってん、こぎゃんに曲がったおかしか指になってしもうたとたい』

シゲコおばあちゃんはそう言って、安奈と勇吉に右手を見せてやったものだ。シゲコおばあちゃんの右手をよく見ると、異様に曲がっているだけでなく、爪はほとんど残っておらず、残っている爪も著しく退化していた。シゲコおばあちゃんは日露戦争で夫の保彦を亡くし、女手一つで一人息子の力パパを育てたのだった。日本は、超大国のロシアと戦争——国家総力戦——をするために、こんな僻地の宇久島からも兵士を徴募しなければならなかったのだ。国中から兵士をかき集めたのはロシアも同じことだった。

シゲコおばあちゃんの苦労は並大抵ではなかった。野茨の古株のように異様にねじ曲がった指は、シゲコおばあちゃんの風雪に耐えた人生そのものを象徴しているような気がするよ。だから力パパをはじめ、家族はシゲコおばあちゃんを大事にしたんだ。

麦の種蒔きの際の安奈の役目は、シゲコおばあちゃんが蒔いた種の上から〝ハネ肥(ごえ)〟を散布することだった。〝ハネ肥〟とは、牛の糞尿と藁等を混ぜて作った堆肥のことである。安奈は、この〝ハネ肥〟を〝ホゲ〟と呼ばれる竹編みの手籠に入れ、素手でひと摑みずつ取っては麦の種子の上に撒(ま)いた。〝ハネ肥〟の量が多いと麦が伸びすぎて倒れるし、少な過ぎると育ちが悪くなるので、安奈はバランスよく撒くのに苦心した。〝ハネ肥〟は、牛の糞尿が主体で、十分に寝かせて醗酵しているとはいえ、感触や匂いは糞尿そのものに近かったが、安奈は一向に気にしなかった。

安奈が〝ハネ肥〟を撒き終わると、イサ子ママはその横に次の溝を掘って、その土を安奈が蒔き終えた麦の種の上に丁寧にかぶせてやった。古賀家族総出で蒔いた麦がやがて発芽する。同じように島中の農家が麦を植えつけた段々畑には麦が芽を出し、年が明けると冬枯れの島の景色は徐々に麦の若草の緑で覆われていく。

武夫君も知っている通り、芽が数センチに伸びる1月下旬～2月上中旬には、〝土入れ〟が始まる。〝土入れ〟とは、麦の畝(うね)と畝の間の土を掘り、その土を麦の株の上に被せる作業のことだ。〝土入れ〟してもらうことにより、幼い麦の芽は根を張り分株して成長し、たくさんの実を結ぶことができる。当然のことだが、ロシアの広大な畑ではこんな面倒なことはやらない。箱庭のような段々畑で、一粒でも多くの麦を収穫するための島民たちの努力には本当に頭が下がるよ。こんな農作業が宇久島の農民の勤勉性を育むのだと思うよ。どうだい武夫君」

「大佐が言われる通りだと思います。小・中学校が冬休みになる頃、私も〝土入れ〟を手伝いました。〝土入れ〟は腰が痛くなる重労働でした。ザクッと畝と畝の間の土を鍬で掻き取って引き上げると同時に、左斜め後ろの畝の麦の上にその土を被せます。

私の母の凛子は安奈さんのお母さんのイサ子さんよりも数年後に生まれたようですが、母とイサ子さんはほとんど同じ時代を宇久島で過ごしたのだと思います。私の母の〝土入れ〟作業は年季が入って、すべて一つの流れになっていて無駄がありませんでした。

それに比べ、私の場合はザクッと土を掻くまでは同じですが、この土をヨイショと引き上げていったん止め、やおらその土を麦の上に被せてやるという二段モーションで、母に比べて仕事も遅いし、疲労も早かったです。

私は、小学校の高学年から中学生の時代にかけて、よく母の凛子と二人で畑に出て、〝土入れ〟を手伝いました。母は〝土入れ〟の間、あれこれ私に話をしてくれました。それは、会話というよりも母の私に対する一方的な語りかけだったような気がします。母の話は、自分の体験に基づいた人生訓で、昔の〝修身教育〟のようなものが主だったと思います。これらの話は、繰り返し何度も聞かされたような気がします。母はこんなことを話していました。

『〈稔(みの)るほど頭(こうべ)を垂れる稲穂かな〉という諺(ことわざ)があるとよ。村の人に会うたら、とにかく先に頭を下げて挨拶ばせにゃならん。挨拶の言葉は〈おはようございます〉とか〈今日も天気が良かですね〉とか何でもよか。とにかく村人よりも先に言葉をかけ、頭ば下げることが大事たい。頭ば下げきらん人間は、頭の中に実の入っとらんバカタレということを自分で証明しているようなもんたい』

今振り返ってみると、母は麦の土入れの間、麦の幼い苗に土を被せてその生育を促すのと同様に、自分の息子に対しても土の代わりに自らの口から人生を歩んでいくためのさまざまな知恵や教訓を与え、人間として成長していくことを願い、私の魂に〝土入れ〟してくれていたのだろうと思います」

子供をおんぶして学校に来る子

「武夫君、それは、イサ子ママも同じだったよ。イサ子ママも麦の土入れの鍬を動かしながら、安奈にあれこれ語りかけていたよ。

安奈が中学校に進む頃になると、イサ子ママと安奈は中学卒業後の進路について話し合うようになった。

安奈が中学校を卒業したら、『家に残って嫁に行くまで家業を手伝う』『島を出て就職する』『島外の高校に進学する（島には高校がなかった）』という三つの選択肢があった。

これについて、イサ子ママと安奈の母子で麦の土入れを続けながら延々とその話が交わされたよ。イサ子ママは安奈が平戸の高校に進学することを強く望んでいた。イサ子ママは自分が子供の頃、進学の夢が叶わなかったことをいつも悔しそうに安奈に話して聞かせていたんだ。次のように、

『安奈も知っての通り、私は七人姉弟の長女だった。私は次々に生まれてくる弟や妹の面倒ば見たとたい。私は勉強するのが好きで好きでたまらなかったとよ。作文も得意だった。私が作文が得意なのは、母の弥津ばあちゃんに似たからだと思う。道下の母は無学で、ひらがなと簡単な漢字がようやく書けるくらいだったけど、とても文才がある人だと思うとる。

私も母の血を引いたと見え、作文は得意だったよ。私の小学校時代には綴り方という教科があって、作文を書かされた。あるとき先生から、〈昨日のこと〉という題で文章を書きなさいと言われた。

同級生たちは、〈朝起きて、顔を洗って、ご飯を食べて、学校に来ました〉などと書くのが

普通だったとよ。それに比べ、私の場合は、例えば〈ヨチヨチ歩きの妹の敬子(けいこ)がまだ言葉も話せないのに帯を持ってきて、私に〝おんぶしてちょうだい〟という仕草をしました。それが可愛かった〉などと事細かに書いたもんだが、いつも先生から褒めてもろうたとよ。

農繁期には妹の早苗(さなえ)と敬子のどちらか一人をおんぶし、一人は手を引いて学校に行き、教室の後ろのほうで立ったまま勉強したと。勉強の嫌いな友達は自分の弟妹ではなく他の家の子供を連れて来て、それを口実に授業中も校庭で遊んでいる子もいたとよ。

私たちの頃は、小浜小学校は複式学級で1歳年の違う子供たちが同じ教室(クラス)で勉強したとたい。5年生と6年生のときも複式学級で、泊敦子(とまりあつこ)先生が2年続けて担任の先生じゃったと。泊先生は、なぜか私をとても可愛がってくれたとさ。先生は、宇久島の代官様のお姫様じゃった。今、神浦村の役場になっている場所が昔の代官所があったところたい。泊先生は、明治政府が誕生して代官所が廃止される前に、お姫様として生まれた方だったとたい。

泊先生が神浦小学校(町の小学校。小浜小学校は神浦小学校の「分校」)の仲の良か先生とそれぞれの学校の生徒の話ばして情報ば交換したそうたい。泊先生が私にこう教えてくれた。

〈私が神浦小学校の先生にイサ子さんのことば誉めておったら、その神浦小学校の先生は自分の教え子たちにイサ子さんのことば、こう話しているそうな。

〈今度、小浜尋常小学校から頭の良い女の子が神浦小学校の高等科（明治維新から第二次世界大戦勃発前の時代に存在した、後期初等教育・前期中等教育機関の名称。略称は高等科や高小。現在の中学校の第1学年・第2学年に相当する）に来るそうです。みんなその子に負けないように一生懸命勉強しなさい。その子は学校に子供をおんぶして来て勉強しているそうな〉


そんなわけで、神浦小学校の高等科に行ったら、私は【子供をおんぶして学校に来る子】というレッテルば貼られとったとよ。私の向学心は高等科に進むとますます強くなったとよ。ばってん、父がそれば許してくれなかった。家で勉強すると、父にこっぴどく叱られたもんたい。父に〈百姓の子は勉強せんでもよか。女子は家の手伝いだけすればよか〉と叱られたとよ。

それでも勉強が好きで好きでたまらず、わずかの暇を見つけては父に隠れて勉強しとった。ばってん、運悪く父に見つかると、二度と勉強できんごと、机を天井裏に投げ上げられてしもうたとよ。父にはさらに、〈今度勉強しているところば見つけたら、指をへし折るからな〉

とまで言われたばい。私はとても悔しく悲しかったとよ。父は義務教育の尋常小学校の6年間を終えた後に高等科で勉強することさえも反対した。高等科2年生のときに、父はついに私を中途退学させると言いだした。母は何とか卒業させてやりたいと父に懇願してくれた。

そんな母に対して、父は私の学業継続の条件として、10日に一度、学校のある神浦の町に米を買いに行く役目を果たすことを要求した。

その日は、1時間だけ勉強して切り上げ、帰るときは約2キロメートルの道を走って帰れと言われたとよ。高等科2年の女の子の私は、父との約束通り、一斗（約15キロ）の米を背負って神浦の町から下山集落の我が家まで一生懸命に走って帰ったとばい。父の言うことは至上命令で、それはまるで王様が召使に対する命令のようなものだったとよ。

真冬の朝、14歳年下の弟――双子の兄弟の勇（いさむ）と勲（いさお）――の七十枚のオシメを洗い、下山集落にある私の実家の道下家の庭にある何本もの竿竹にかけ終わるとすぐに、真っ赤に腫れ上がった手に息を吹きかけながら学校に行ったとたい。オシメの洗濯などの仕事をこなすためには、学校に行く時間を短縮しなければならんかったと。だから、最短距離のコースを突っ走ったとよ。その最短コースは獣道のようで、両側からイゲヤブ（野イバラなどの藪）

が伸びたものが、容赦なく顔や手足を引っ掻いて傷つけたけど、それをものともせず、無我夢中で走り通したとよ。

今はもう使われなくなった道だと思うけど、峯勇吉さんの家の東側の高い崖の上の細道を通って、木戸辰夫さんの家に向かう下り坂を下り、出口の小母さん方の前から西に向かって谷輪の細道を歩き、あるところからはやっと水が流れるほどの極細の道を北に折れ、さらに右に左に折れてようやく福浦部落の竹林さんの家の傍に出たところで本道——島の中で唯一広い道——に出たとよ。

イサ子ママ、最優等賞と神田賞を受賞

こんなに切迫した時間の中でも、私は学校の勉強がこの上なく楽しかった。授業中は集中して一生懸命に理解して覚えるようにしとったとよ。いよいよ高等科の卒業が近づいた頃、子守をしていると隣家の江山のお父さんが〈イサ子〉と声をかけてきた。〈はい、何ですか〉と返事をすると、〈神浦小学校の先生が、イサ子さんに優等賞をあげることが決まったから必ず学校の卒業式に来るように伝えてください、と言ってたよ〉と言うたとよ。私は何のことかよく分からなくて、戸惑ったとたい。母は喜んでくれたが、父は〈そぎゃんなことはど

うでもよか〉と誉めてもくれんかった。

私は、江山のお父さんの言葉を信じて、卒業式に出かけたとたい。そうしたら、予行もないままに、いきなり私が最優等賞を受賞することになり、その副賞として神田賞までもろうたとばい。神浦高等小学校は満州で成功し財を成した神田藤兵衛翁が私財を寄付して建てたもので、それを記念して〈神田賞〉が設けられたとよ。神田賞は花柄のセルロイド製の針箱で、物の乏しい時代にもらったその針箱は、私にとってはこの上ない宝物のようなもんだった。

奥村善松さんという小浜郷（イサ子ママの実家がある集落区）から選出された村会議員がいらして、後で母から聞いたことばってん、卒業式に列席した奥村議員は、羽織・袴のままで、私の家に最優等賞受賞のお祝いを述べに来てくれたそうたい。奥村議員は母に、〈小浜郷の下山集落からイサ子さんが最優等賞・神田賞を頂き、私まで肩身の広か思いばした〉と喜んでいたそうたい。

高等科では同級生に岩本屋商店の築山喜和子さんという人がおったとよ。お兄さんは佐世保で産婦人科医、お姉さんも小学校の先生という、いわば島ではエリートの家柄じゃった。後に、喜和ちゃんも小浜小学校で先生になったとばい。この人が、私に格別良くしてくれたとよ。

その後、彼女は宇久島の小学校から長崎市の小学校に転勤し、長崎市の人と結婚したとばい。私はお父さん(力パパ)と結婚した後、安奈が生まれる前にお父さんの漁船で長崎に行ったことがあるとよ。そのときには、喜和ちゃんがわざわざ会いに来てくれた。喜和ちゃんは〈長崎で一番美味しか福砂屋のカステラば買うてきたよ〉と、お土産ば頂いたもんたい。希和ちゃんと久しぶりに会えたのは、本当に嬉しかった。

その後何年か経って、喜和ちゃんが病気で入院したと聞いたとたい。気の毒に、終戦直前にアメリカ軍が投下した原子爆弾で被爆し、原爆症で白血病に罹ったそうたい。それで喜和ちゃんの自宅にお見舞いの電話ば入れたとばい。すると電話に出た方が〈喜和子さんは入院していて、実は今、危篤状態なんです。それで、みんなで交代しながら留守番に来ているのですよ〉と言う。喜和ちゃんが危篤状態と聞いて私はつっ魂消た。

もう一つ、つっ魂消たことがあると。私の名前ば聞いた留守番の方はつっ魂消るようなことば言うたよ。〈あなたは古賀イサ子さんと言われましたね。もしかしたら小浜尋常小学校時代、子供をおんぶして来ていた人じゃありませんか〉と。私はつっ魂消つつも〈はい、そうです〉と答えたとよ。きっと喜和ちゃんが周りの親しい人たちに私の小学校時代の出来事ば話していたのでしょう。喜和ちゃんが危篤だというショッキングなニュースとは少しちぐはぐな話題だったとばってん、10年以上も昔の私のエピソードを留守番の方から聞いて驚いたとよ。私は、喜和ちゃんの私に対する心根が嬉しかったけど、喜和ちゃんの危篤を思えば、心がグラグラと揺さぶられる思いだったとよ。

　これまで話したように、私は勉強したくてたまらなかったのに、それが叶わなかったわ。だから安奈と勇吉には、あなたたちが希望するのなら大学までも進ませてやりたいと考えているの。これについてはお父さんも同じ考えなのよ。安奈は頭も良く、勉強ができるのだから、遠慮せずに宇久島から出て高校に進学しなさい』

　イサ子ママと安奈は、麦の土入れをしながら私をドキリとさせる話もした。イサ子ママが鍬を動かしながら変わらない口調で安奈に話した。

素盞嗚尊様のお告げ

『私は、生まれて1ヶ月も経たない乳児の頃、右耳の後ろが化膿(かのう)し膿(うみ)が出るようになって、なかなか治らなかったそうたい。母も子供の私も大変だったろうと思うよ。医者にもかからんで、自然治癒を待つだけだったそうたい。

そんな折、平の町のつき合いのある小母さんが訪ねて来たそうな。そのとき私の耳からは驚くほどの膿が出ている状態だったそうたい。それを見た小母さんは〈この子は可哀そうだけど、このままではまともに育たんだろう。よしんば育ったとしても、耳の聞こえない障碍者になる恐れがある。だからいっそのこと間引いたらどうじゃろうか？　育ってからでは間引くのに躊躇（ちゅうちょ）するようになるから早いほうが良かよ〉と言ったそうな。

母の世代以前には赤子の間引きが行われていたそうたい。母はそんなことには耳を貸さず、私を大事に育ててくれたとよ。本当に有難かこったい。結局、１００日ほどかかったけど、自然に治ったそうたい。

私は母からこの話ば聞いて思うんだけど、私には運命を左右する何か大きな不思議な力が働いているような気がするとよ』

『そのことは、私もお母さんと同じで、私にも見えない力が働いていることを感じているとばい。私が赤ちゃんのときのことだけど、目の前に海軍の制服ば着た背の高か外国人が現れて、私ばじーっと見とったとよ。その人はなんだかとても嬉しそうに笑いながら外国語で私に話しかけてきたとよ。私はその人を怖がるどころか、何だかお父さんのような気がしたとよ。赤ちゃんのときのことを覚えていること自体があり得ないことだけど、私はなぜかそのことをはっきりと覚えているの』

『そいは驚いた。あんたもそんな記憶があるの。不思議なこったい。実は私とお父さん、それにシゲコばあちゃんもあなたが生まれる直前に不思議な夢ば見たとよ。厄神社の素盞嗚尊様がシゲコばあちゃんとお父さんと私の枕元に立ち、厳かにこう言われたとよ。

〈私は厄神社の素盞嗚尊なるぞ。汝古賀夫妻にはもうすぐ赤ちゃんが生まれるなあ。その子は女の子で、日本人離れしていて、色が白く、髪は茶色で、目は青く、体格が日本人よりも一回りも二回りも大きく、西欧人並みだ。だけど、まぎれもなくそなたたち二人の愛の結晶だ。その子は、明るく、美人で、聡明な人間になる。大切に大切に育てるべし。名前を安奈とせよ。私は人々を疫病から守り、漁を掌る神である。古賀家の健康と漁業の豊漁を約束しよう〉

お父さんと私とシゲコばあちゃんは、夢の中でも緊張して素盞嗚尊様のお告げば聞き、有難く受け入れたとよ。その朝、私が目覚めると、私の胎内にいるおまえまでも素盞嗚尊様のお告げに驚き喜んでいるようで、いつもより動きが活発で、まるで喜んで踊っているようだったとよ。

実を言うと、私は、素盞嗚尊様のお告げには半信半疑だったとばってん、生まれてきた安奈の姿ば見て、お告げが現実となったことに驚いたとよ。だから名前もお告げの通り、安奈と名づけたわけたい。あなたには素戔嗚尊様の大きな力が働いていることは間違い無か。ばってん、安奈が赤ちゃんのときに見た海軍の制服ば着た背の高か外国人とは一体誰じゃろうかいね』

『ほら、日本海海戦で撃沈されたロシアの軍艦に乗っていた水兵さんが汐出浜に流れてきたのを村の人たちが手厚く葬ったという話があるじゃない。あの水兵さんかもしれんね』

『ばってん、その水兵さんは日本の連合艦隊から撃沈されたから日本に恨みを持ち、祟りがあると言われとるじゃない。その人が、まるでお父さんのような優しい眼差しで安奈ば見つめていたというのが理解できんね』

私(大佐)は、イサ子ママと安奈の疑問の矛先が私に向けられたことに、戸惑いと興奮を覚えたものだ。安奈の進路については、親子の話し合いを通じて、宇久島の外の高校に進む方向に固まっていった。安奈は勉強もよくでき、飯良中学校では悦子と首席を争った。力パパは腕の良い漁師なので、安奈の学資を出す余裕は十分にあった。

安奈、島を出て高校へ進学

安奈は昭和31年春に中学校を卒業し、平戸市にある県立の猶興館高校に進学した。平戸島へ渡るときは客船ではなく力パパの漁船でイサ子ママも勇吉も一緒に行ったものだ。もちろん私もその中に加えてもらったよ。宮ノ首から平戸港までは50キロほどの距離で、力パパの〝ポンポン〟と煙を上げる焼玉船では3時間くらいで行けた。

安奈は学校の近くにある野口日朗さんの家に下宿することになった。野口さんは力パパが漁場で知り合った仲だった。野口さんが宇久島近くで漁をしているときに、急に時化たときには宮ノ首の港に避難し、古賀家に泊めてもらうほどの仲だった。もちろん、力パパも平戸付近で時化に遭ったときには野口さんのお世話になっていた。野口さん夫婦は還暦近く、子供たちは平戸島から出ていて、当時は佳子夫人との二人暮らしで、安奈が下宿してくれるのを喜んでくれた。

古賀夫妻と勇吉君、もちろん私も、安奈を平戸まで送り届けると宇久島に戻った。安奈がいなくなることは、私にとって、とても寂しいことだったよ」

「そうですよね、安奈さんがいなくなると大佐は寂しくなりますよね。安奈さんが宇久島を離れた後の様子はマリア様が知らせてくれたのですね」

「その通りだ。マリア様がまめに安奈の様子を知らせてくれるようになった。また、安奈自身からも古賀夫妻に宛てて頻繁に手紙が届けられた。それらは私にとって、本当に有難いことだった」

「安奈さんの猶興館高校での生活はどうだったんですか」

「武夫君は猶興館高校について知っているかもしれないが、一応説明しておこう。同校は明治13年に旧平戸藩主、松浦詮が旧藩士等の子弟教育のために『私塾猶興書院』を設立したのが始まりである。武夫君も知っている通り、現在の長崎県立の高等学校の中では最も歴史の古い学校だ。ロシア海軍大佐の私が言うのもなんだが、校名の由来は、中国の古典『孟子』巻七の尽心章句上から引用されている。

安奈の手紙によれば、漢文の担当の道下健悟先生が授業でこう話したそうだ。

『周王朝を築いた武王、周公旦の父、文王というのは偉大な聖人であった。世の中がどんよりしてくると、皆、文王のような人物が現われて世直ししてくれるだろうと期待をした。その気持ちはよく分かる。しかしだ、それでいいのだろうか。

今の日本も同じだ。国や社会でいろいろな問題があるな。そのときに誰かが何とかしてくれるだろうという考えでいいのだろうか。そんな考えではいけない。誰か他人に世直しを期待するのではなく、自らが判断し行動することが大切なのだ。自らが判断し行動する人物を〈猶興の士〉と言う。猶興館高校に学ぶ君たちは、卒業後は志を立て、この〈猶興の士〉たる気概を持ってほしいものである』

安奈はクラスメートの久保川敦子さんと仲良しになった。敦子さんの家も漁師だった。昼休みにお弁当を食べるとき、敦子さんは右手で十字を切ってお祈りをした。

『敦ちゃん、あなたが食事の前にする仕草は何?』

『私はキリスト教徒だから、十字を切って感謝のお祈りをしているのよ』

『宇久島には教会はなかったわ。平戸には多いようね』

『そうよ。平戸は長崎と同じで、西欧やシナとの交流の窓口だったの。大航海時代にアジアに進出したポルトガル船は、1550年に平戸に来たのよ。そのポルトガル船の情報をもとに、フランシスコ・ザビエル一行は薩摩から平戸に移り、松浦藩主の許可を得て布教を始め、生月島を含む平戸一帯で信者は約5000人に達したと言われているの。

やがて禁教の時代を迎え、多くは棄教したけれど、生月島や平戸島西岸などでは信仰を守る信者もいたの。彼らは潜伏キリシタンと呼ばれ、神父様不在の下で秘密の信仰組織を運営し、オラショ（祈り）を唱え、納戸の中に隠したキリストや聖母マリアの絵を拝んだそうよ。

また、山や離れ小島を聖なる場所として敬まったの。17世紀前半に信者が処刑された中江ノ島（長崎県の平戸島と生月島双方から約2キロの沖合にある長さ400メートル、幅50メートルの無人島）は、殉教地として「サンジュワン様」などと呼ばれて、聖地として日頃から信仰されてきた島なの。中江ノ島は平戸島西海岸の春日集落や生月島の潜伏キリシタンにとって、島の岩からしみ出す水を聖水として採取する「お水取り」が行われる聖地でもあったのよ。

平戸島北西部にある安満岳には神社仏閣があって、キリスト教徒と鋭く対立していたけど、禁教時代には潜伏キリシタン信仰と神仏信仰が並存するようになって、キリシタンの聖地にもなったそうよ。1561年に建てられた教会があった春日集落には、潜伏キリシタンが多く、安満岳山頂に向かう参詣道が今も続いているの』

『ヘー。宇久島と違って、平戸にはキリスト教の歴史や教会があるのね』

『今度の日曜日、私が案内して聖フランシスコザビエル記念教会のミサに行ってみようか』

『ぜひお願いします』

次の日曜日に、安奈は敦子の案内で聖フランシスコザビエル記念教会のミサ――カトリック教会においてパンとぶどう酒を聖別して聖体の秘跡が行われる典礼（祭儀）――に参加した。安奈にとっては初めての体験で、敬虔な信者たちの祭儀に圧倒される思いだった。だが、なぜか違和感は覚えなかった。それどころか、なんだか懐かしい気さえした。

敦子はミサの後に教会の外にあるマリア様の像に安奈を案内した。二人は一緒に祈った。

『敦ちゃん、私、なんだか、マリア様に初めてお目にかかる気がしないの。なぜだか分からないけど、どこかすごく親しみを覚えるの』

『そうなの。なぜかしらね。でも、私は嬉しいわ』

その後安奈は、敦子と一緒に日曜日に教会に行ってミサに参加するようになった。高校の図書館で、キリスト教についての解説書なども読むようになった。

安奈は、猶興館高校での3年間を通して、学業はトップクラスだった。高校卒業後の進学について考えるようになったが、宮ノ首の両親は『勇吉が中学を出たらお父さんの後を継ぐと言うとるから、安奈は安心して大学に行けばよか』という意見だった。

大学受験のシーズンが近づいてきた。担任の先生は『安奈さんの成績ならどこの大学でも受かる。後は、あなたが自分で決めなさい』と言ってくれた。安奈はそう言われても特に目指す大学もなかった。人生の目標というものが明確には分からなかった。どんな職業に就きたいのか、具体的な方向性は決められなかった。目標もないまま、ただひたすら勉強するだけだった。

マリア様、安奈に高校卒業後の進路を示す

そんな中で、クリスマスを迎えた。安奈は敦子とともに教会を訪れ、マリア像に「マリア様、私の進むべき道をお示しください」と祈った。下宿に帰り、いつものように深夜まで受験勉強に励んだ。勉強に疲れて机の上にうつ伏せになり眠ってしまった。

安奈はふと誰かが肩に触れる気配で目を覚ました。すると、何ということか、安奈の傍にマリア様が立っておられるではないか。あの聖フランシスコザビエル記念教会で敦子と一緒に拝んだマリア像そっくりの風貌だった。安奈は驚いて、居住まいを正し、手を合わせてマリア様を拝んだ。マリア様は微笑みをもって優しく安奈を見つめられた。そして厳かにこう仰せられた。

『安奈よ、大学受験でどの大学に行くのか迷っているのね。私が道を示してあげましょう。

東京外国語大学のロシア語学科を受験しなさい。安奈が東京外国語大学に進んだら、再びあなたに道を示します。東京にはあなたに引き合わせたい人がいます。楽しみにしていなさい』

マリア様は、そう仰られるとフッと消えてしまわれた。その直後、安奈は驚きのあまりに目が覚め、マリア様の出現が夢であったことが分かった。とはいえ、安奈は、それは正夢で、『私の進むべき道をマリア様がお示しくださったに違いない』と確信した。

安奈はマリア様のお告げ通りに東京外国語大学のロシア語学科を受験し、見事に合格した。安奈はいよいよ東京に行くことになった。下宿先の野口さんに別れを告げて、いったん宇久島に戻った。宇久島から難関の東京外国語大学に入学した例は過去になく、島では評判になった。

もちろん、私にしても、安奈が東京外国語大学に合格したのはこの上ない喜びだった。しかも、私の祖国であるロシアの言葉を学ぶことになるとは夢のようだった。マリア様のお計らいに心から感謝した。ただ、私は、マリア様の安奈に対するお導きは、将来どのようなお考えがあってのことか、そのことが気になった。マリア様のことだ、きっと安奈に意義のある人生をお与えくださるはずだろう、と思った。

上京を前に、安奈は両親と勇吉と一緒に厄神社にお参りに行った。力パパとイサ子ママは、出産前に二人の夢枕に素盞嗚尊様が現れて安奈を授かることをお告げしていただいた経緯があり、安奈の大学進学という節目に改めて感謝の祈りを捧げたのだった。当然のことながら、私も彼らとともに素盞嗚尊様に安奈のこれからの人生を応援してくださるようお願いした。

安奈は、太古丸という客船で博多に向かい、そこから特急列車〝あさかぜ〟で上京した。住まいは東京外国語大学西ヶ原キャンパス近くの学生寮だった。安奈は宇久島や平戸とは環境が違う大都会東京の生活に戸惑ったが、やがて慣れていった。

安奈はマリア様のお告げを真摯に受け止め、懸命にロシア語の勉強に励み、急速の進歩を遂げた。ロシア語は初めて学ぶ外国語という感覚がなかった。なぜか、中学・高校で学んだ英語よりも親近感があった。夏休みを迎える頃には初歩的な会話ができるレベルまで上達した。

安奈は、入学してから2年間は、宇久島には帰省せず、ひたすらロシア語の勉強に打ち込んだ。学校の授業がない夏・冬・春休みには図書館に籠って勉強した。第2学年の冬休みも終わろうとするある夜のこと、安奈の夢枕にマリア様が現れた。マリア様はこう告げられた。

『安奈よ、ロシア語の勉強に打ち込む姿は素晴らしいわ。私は、あなたを〈神の縁〉により、深い繋がりのある女性と引き合わせることにします。今週日曜日の正午に千代田区神田駿河台にある正教会のニコライ堂に行きなさい。ニコライ堂の入り口の上に〈生神女庇護〉という文字が刻まれた私の像があります。それに向かって祈っているロシア人の女性がいます。年齢はあなたより40歳年上で、名前はあなたと同じアンナです。その女性に声をかけて話をしなさい。今度の春休み――3年生に進級する直前――にはアンナと二人で宇久島に行くことになるでしょう』

安奈は大学受験のときにマリア様が夢枕に立たれ、安奈の進むべき大学について示された経緯から、今度も、そのお告げを真摯に受け止めた。マリア様が仰られた〝神の縁〟により深い繋がりのある女性とはいったい誰なのだろう。どのような縁なのか。ロシア人で40歳も年齢差のある女性とはいったい何者だろうか。次々に疑問が湧いたが、安奈が知る由もなかった。

期待と不安が交錯する日々を過ごす中、その日曜日がやって来た。安奈は衣服を整えて家を出た。山手線の御茶ノ水駅で降り、ニコライ堂に向かった。日本で初めてにして最大級の本格的なビザンティン様式の、緑青を纏（まと）った高さ35メートルのドーム屋根のニコライ堂が見えてきた。宗派は違うものの同じキリスト教の教会とはいえ、平戸にあるゴシック様式の聖フランシスコザビエル記念教会とは明らかに異なるものであった。

安奈とアンナ、奇跡の出会い

ニコライ堂のゲートをくぐると、ミサが終わったばかりで、大勢の信者が中庭に残っていた。ドームの正面入り口の上に〈生神女庇護〉という文字が刻まれたマリア様の像が見えた。その下を見ると、マリア様のお告げの通り、マリア像に向かって祈りを捧げている外国人らしい女性を見つけた。マリア様のお告げ通り、年齢は50歳代後半に見えた。

安奈はその女性に近づきロシア語で声をかけた。

『あのー、すみません。もしかしたらアンナさんではありませんか』

その年配の女性は驚いたようで、『ニウジェーリ（まさか）！』と叫んだ。

『あなたは安奈なの！』

『そうです。私も安奈です』

『そうだったの。数日前、生神女マリア様が夢に現れて、ニコライ堂で安奈に会えると言われたの。半信半疑だったけど、やっぱり本当だったのね』

『私も同じだったのよ。マリア様のお告げがあったの』

『ねえ、安奈。それにしても安奈は私の若い頃にそっくり、まるで生き写しだわ。そのとも不思議だわ。あなたは日本人なの？　それとも外国人の血が混じっているの？　生神女マリア様はどうして私たちを引き合わせられたのかしら』

『私もそのことが大きな疑問なのです。私は日本人で、長崎県の五島列島の宇久島という小島の出身で、今は東京外国語大学でロシア語を勉強しています。アンナさんのお国は？』

『私はロシア人よ。ロシア革命の混乱時に母とアメリカに亡命して、今はアメリカ大使館に勤めているの。父は日露戦争の日本海海戦で戦死したのですが、行方不明のままです。生神女マリア様が、日本人の安奈という少女が、父が亡くなった場所に案内してくださると仰られたの』

『そうだったのですか。そう言えば、幾つか思い当たることがあるわ。私が生まれた宇久島の海岸に日本海海戦で戦死した身元不明のロシア水兵の遺体が漂着し、島民が埋葬したそうです。また、両親の夢枕に立った日本の神様が〈汝夫妻に生まれる赤ちゃんは日本人離れしていて、色が白く、髪は茶色で、目は青く、体格が一回りも二回りも大きい〉と仰られたそうです。さらに、私が嬰児の頃、目の前にロシア海軍軍服を着た偉い方が現れ、私をまるで自分の子供を見るように優しい眼差しで見つめながら、ロシア語で話しかけてきたことがあったのよ』

『ボージェ、モイ(まあ)！　それは、まさに戦死された私のお父様に違いないわ。日本海海戦のとき、父のブハウォストス海軍大佐は戦艦アレクサンドルⅢ世の艦長だったのよ。お父様は日本海海戦で戦死なさったけど、その後の消息は一切分からなかったの。お父様は、異国の地で60年近くも孤独に耐えておられたのだわ。私そっくりの安奈を見ることで、父はどれほど癒されたことでしょう。私からも安奈にお礼を申し上げるわ』

『私が大学受験で悩んでいるときに、マリア様が夢枕に立たれて〈東京外国語大学のロシア語学科に行きなさい〉とわざわざ東京外国語大学を指定され、しかもロシア語学科を勧めてくださったのよ。これはアンナさんと巡り合うための準備だったのね。今にして思えばこれまでの私の生きてきた道は、マリア様のお計らいによるものだと思うわ』

『これで、戦死された父の埋葬の場所も分かったわ。生神女マリア様に感謝だわ。アンナ、来年の春休みに、私を宇久島に連れて行ってください。父の霊を弔いたいと思います。今日から、私たちは姉と妹になりましょう。私たちは、たとえ血は繋がらず、年齢は離れていても〈神の縁〉による姉妹なのよ。そう思ってください』
『もちろんよ。お姉様ができて本当に嬉しい。少し歳の差があるけど、それは何でもないこと。宇久島に行ったら、私の家族も紹介するわ』
『私の家族も紹介したいので、今度の日曜日に自宅においでください。これから先、ロシア語については私が特別に教えてあげるわよ』
『有難うございます。私も嬉しい。お姉様のように、ネイティブスピーカーレベルのロシア語の習得を目指すわ』

こうして、アンナと安奈の交流が始まった。安奈は度々アンナの家に呼ばれて文字通り〝実の妹〟のように厚遇された。アンナのご主人のピョートルはやはり国務省の職員で、日本大使館に勤務していた。ただ、秘密保持のためなのか、仕事の内容については一切話さなかった。子供は男の子と女の子がいたが、アメリカ本土で働き、暮らしていた。

アンナ、安奈とともに宇久島を訪ねる

安奈は東京外国語大学に入学して2年目を修了し、約束した通りに、春休みにはアンナ

を案内して宇久島に帰ることにした。アンナと安奈は春休みのある日、16時35分東京駅発の寝台特急『さくら』に乗った。列車の中で二人は夜中近くまで、宇久島にまつわるさまざまな話をした。

翌朝11時50分に諫早駅で大村線に乗り換え、昼過ぎには佐世保に着いた。午後に佐世保を出る九州商船の若潮丸に乗り換え、宇久島に向かった。安奈にとって久しぶりに肌に触る潮風は何とも心地よかった。船が平港に着くと力パパと弟の勇吉が迎えに来ていた。

『アンナさん、ようこそ宇久島に。アンナさんについては、娘からの手紙でよーく存じているつもりです。安奈が東京で大変お世話になり、有難うございます』

アンナが応じた。

『有難うございます。何卒よろしくお願い申し上げます。口では言い表すことが難しいのですが、私と安奈、そして力パパ、イサ子ママ、勇吉さんは、深い深い縁があるのではないかと思います。その謎が今回の宇久島旅行ではっきりするかもしれません』

私(ブハウォストス大佐)はマリア様と素盞鳴尊様から、事前に二人の来島を聞かされていたが、平港に迎えには行かなかった。なぜ行かなかったのかといえば、マリア様と素盞鳴尊様が『折角の大佐とアンナとの対面は、アンナと安奈が厄神鼻にいる大佐の霊を訪れるまで待ってはどうか。そのほうが感動的な対面になるだろう』と仰せられるので、そうすることにしたのだ。本当は、矢も楯もたまらず飛んで行きたい気持ちだったのだけれど。

一行は力パパの漁船に乗り換えて宮ノ首に向かった。この島に亡き父が眠っているのかと思うと、アンナはひとしお感慨深い思いに浸るのだった。

宮ノ首に着くと、古賀家にはイサ子ママとシゲコおばあちゃんをはじめ、安奈の馴染み(なじみ)の友達が待っていた。その中には長崎大学教育学部で勉強している悦子の姿もあった。イサ子ママが心を込めたご馳走を用意してくれていた。アンナにとっては味わったこともない、贅を尽くした魚介料理が並んでいた。アンナはイサ子ママとも話した。

『イサ子ママ、説明するのは難しいのですけど、私は、安奈さんとは姉妹のような気がしてならないのですよ』

『そう、安奈の母である私から見てもアンナさんと安奈は歳こそ違いますが、実の姉妹のようによく似ているわ。アンナさんは私よりも少し年上ですが、私をママだと思ってくださいさい。私も今日からアンナさんを娘にさせてもらいます。これから先、何卒よろしくお願いします』

アンナは頷いて感涙にむせびながら、鞄の中から一枚の写真を取り出した。セピア色の写真は半世紀ほども前に撮られたものだった。その写真は、アンナの父〈ブハウォストトス大佐〉が戦艦インペラートル・アレクサンドルⅢ世の艦長として、バルチック艦隊が日本に向けて出港する直前に撮られたものだった。アンナの父がロシア海軍の正装をしてアンナを抱き、妻のアリアズナと三人で映っていた。

この写真を見た力パパは、アンナの父〈ブハウォストトス大佐〉の写真像を指さして、『この人見たことがあるばい！　安奈が生まれる前に素盞嗚尊様と一緒に私たち夫婦の夢枕に現れた軍人さんたい』と驚いた様子で言った。『本当に、そうたい。私もよく覚えているよ』と、イサ子ママとシゲコおばあちゃんも興奮気味に相槌を打った。安奈も『私が幼い頃、私の前に現れて、私を優しい眼差しで見つめていた人は、この人よ』と感動気味に話した。

アンナも『ニコライ堂の生神女マリア様が〈日本人の少女の安奈が、父が亡くなった場所に案内してくださる〉と仰せられたのは、本当だったのね』と言って、十字を切って天上を仰ぎ、手を合わせた。これですべての謎が氷解したわけだ。

宴も終わった後、アンナと安奈は布団を並べて寝た。二人は疲れも手伝って、すぐに熟睡した。夜半に二人の枕元にマリア様と素盞嗚尊様が現れた。マリア様と素盞嗚尊様は、アンナと安奈に私〈ブハウォストトス大佐〉の遺体が汐出浜に漂着した以降の詳しい経緯を述べられた。最後に、マリア様がこう締めくくられた。

『アンナよ、明日はそなたの父の霊に会うがよい。そして思い切り泣くがよい。そなたの父、ブハウォストス大佐もようやく癒されるでしょう。

安奈よ、お前は、私たちの計らいでブハウォストス大佐の娘アンナに生き写しに生まれてもらいました。大佐の霊魂はどれほどお前によって救われたことか。

アンナと安奈は血を分けてはいませんが、私と素盞嗚尊様の力で本当の姉妹以上の姉妹関係に結ばれていることを理解しなさい。安奈よ、これからは、私が後日示す〝ミッション〟に向かって準備してもらいます。その道筋は、アンナの夫のピョートルに示すでしょう』

ブハウォストス大佐の霊魂とアンナの邂逅

翌日アンナと安奈は家族とともに花束を持って、汐出浜にある私(ブハウォストス大佐)の埋葬場所に出かけた。埋葬場所には松の木が植えられ、その周りには十数本のハマユウが植えられていた。ハマユウは、葉の間の真ん中から太くてまっすぐな茎を上に伸ばし、先端に白い花をたくさんつけていた。

私は、近づいてくるアンナに目を注ぎつつ、そこで待っていた。アンナは、松の木に近づくと、『パーパ（папа）、パーパ（папа）』と叫んで、涙にむせびつつ、両手を広げ松の木の幹に抱きついてきた。もちろん、アンナには私が見えるはずはないが、松の木に私の霊魂が宿っていると思ったのだろう。彼女は両手を松の幹に回して頬ずりをした。私もアンナと同様に、感涙滂沱の中、安奈を抱きしめた。

その後〝二人の娘〟は、改めて松の木の根元にセピア色の家族写真を置き、花束を手向けてお祈りを捧げ、私に語りかけてくれた。アンナの語りは、すべてロシア語であった。これが分かるのは安奈だけだった。安奈は、大学で熱心に勉強するとともに、アンナから特別に個人レッスンを受けて、ロシア語が急速に上達した。アンナが私に語りかける内容のほとんどは理解することができたと思う。アンナの話はこうだった。

『パーパに会えて嬉しい。まず報告しなければならないのは、マーマが10年ほど前にアメリカで亡くなったことね。ほとんど苦痛も無く、安らかに天国に召されたのよ、心配しないで。だから私には、もうパーパもマーマもこの世にはいなくなったの。寂しいけれど、今回こうやってパーパに会えたのは最高に嬉しいわ。

日露戦争に敗れた後、革命が起き、ロシアの〝ブルジョアジー〟は徹底的に迫害を受けたの。

パーパが尊敬してやまなかった皇帝のニコライ二世や妻のアレクサンドラ・フョードロヴナ、夫妻の5人の子供オリガ、タチアナ、マリア、アナスタシア、アレクセイが、1918年7月17日にエカテリンブルクのイパチェフ館で銃剣で突かれ、銃床で殴られたうえ、銃殺されたほか、数知れないほどの人たちが殺されたわ。

マーマと私は〝ラクダが針の穴を通る〟ほどの幸運に恵まれ、アメリカに亡命できたのよ。私は、アメリカの大学を出て、アメリカの外交官であるピョートルと結婚し、二人の子供にも恵まれたの。パーパの孫、セルゲイとニーナよ。今度写真を持ってきて見せるからね。

私の今の仕事は、ロシアに共産主義を持ち込んだレーニンとスターリンにリベンジし、今も続く共産党独裁政権を倒すための戦いを行っているのよ。共産党独裁政権は、ソ連全体をまるで収容所のような社会にして、国民の自由を奪い弾圧しているの。私は、ソ連国民を解放する戦いを続けたいと思うの。パーパも賛成してくれるわね。

ここにいる、私の〝妹〟の安奈も大学を卒業したらソ連共産党独裁政権打倒の戦いに〝参戦〟してもらうつもりよ。パーパ、どうか私たちの、戦いをお導きください。

私のパーパに対するお話は、短い時間では尽くせないわ。でも、今後はパーパが常に私の傍にいてくださると思うから、おいおいお話しすることにするわ。パーパ、どうか私のことを見守ってください。そして安らかにお休みください』

安奈は涙を流しつつも、アンナの話を注意深く聞いていた。そして、アンナが言った『私は、ソ連国民を解放する戦いを続けたいと思うの。パーパも賛成してくれるわね。ここにいる、私の〝妹〟の安奈も大学を卒業したらソ連共産党独裁政権打倒の戦いに〝参戦〟してもらうつもりよ』という言葉を聞き逃さなかった。安奈はその言葉を聞いた瞬間、不安と戸惑いを覚えたものの、アンナの考えを素直に受け入れることができた。

私（ブハウォストス大佐）にとって、心残りは、妻のアリアズナが一緒でなかったことだ。アンナの話の通り、高齢に達したアリアズナはすでにアメリカで死亡していたのだ。

半世紀の時を経て娘に会えたのは、マリア様と素盞嗚尊様のお力によるもので、私は、心から感謝した。

安奈、アメリカに渡りVOAのアナウンサーになる

その後、アンナと安奈は東京に戻った。武夫君、君は『アンナさんが大佐の墓前で〈〝妹〟の安奈も大学を卒業したらソ連共産党独裁政権打倒の戦いに〝参戦〟してもらうつもりよ〉と言ったが、安奈さんは今何をしているのか？』と私に聞きたいところだろう。教えてやろう。ただし、秘密を守ってもらいたい」

「はい。絶対に秘密を守りますから、安奈さんがどんなミッションを行っているか教えてください」

「アンナの夫のピョートルは実はアメリカ諜報機関のCIAの職員なんだ。ピョートルとアンナは安奈が東京外国語大学のロシア語学科卒業後は、対ソ連工作に安奈をリクルートしようと考えていたのだ。対ソ連工作と言ってもスパイだけではなく、さまざまな役割がある。

安奈の活躍する部門はソ連国民向けに放送するラジオ〈ボイス・オブ・アメリカ〈VOA〉〉のアナウンサーだった。実は、アンナもVOAのアナウンサーだったのさ。

VOAは、大東亜戦争終了直後の1947年2月17日に、米国のラジオ放送として初めてロシア語による放送が始まった。『リッスン！　こちらはニューヨーク！〈アメリカ合衆国の声〉、初回の放送です』——というオープニングの言葉で。

VOA誕生の由来はこうだ。イギリスのウィンストン・チャーチルが第61代首相退任後の1946年3月5日、アメリカ合衆国大統領ハリー・S・トルーマンに招かれて訪米し、ミズーリ州フルトンのウェストミンスター大学で行った講演の中で、こう演説をした。

『バルト海のシュテッティンからアドリア海のトリエステまで、ヨーロッパ大陸を横切る鉄のカーテンが降ろされた。中部ヨーロッパ及び東ヨーロッパの歴史ある首都は、すべてその向こうにある』

米英は第二次世界大戦でソ連とともに日独と戦ったが、スターリンは戦後すぐに占領下の東ヨーロッパ諸国を社会主義国家に変えようとした。こうして、戦後世界はアメリカを中心とした資本主義陣営と、ソ連を中心とした共産主義・社会主義陣営が対立する構図、すなわち冷戦構造ができ上がったわけだ。これについては武夫君もよく知っている通りだ。

アメリカとソ連は直接戦火を交えることはなかったが、陰に日向（ひなた）にさまざまなバトルが繰り広げられた。その一つがＶＯＡだった。ＶＯＡは、他の西側ラジオ局と協力して、共産主義との闘い――イデオロギー戦争――における〝武器〟の役割を果たしていたのだ。

ソ連もＶＯＡが〈敵性プロパガンダ・敵なる声〉であることを認識し、早々に、１９４８年には放送への対抗・弾圧が始まった。ソビエト当局は『ＶＯＡをはじめ、西側放送局はプロパガンダによるソ連国民の洗脳を試みている』とし、ソビエト市民が放送を聞くことを禁止・妨害した。そのためにソ連国中に〈妨害基地〉が建設されるようになった。〈妨害基地〉から発する強力な妨害電波で、ＶＯＡなどの〈敵性放送〉の周波数に干渉し妨害した。こうした〈妨害基地〉の数は１９６０年代初頭までに１４００に上った。ＶＯＡは今もソ連と暗闘を続けているのだ。

鉄のカーテンの向こうでは、民衆たちがＶＯＡは〈敵性プロパガンダ〉と知りつつも、大きな興味を持って聴いているのだ。妨害基地から発する妨害電波は、昼間より夜間のほうが甘かった。そのためＶＯＡが発信するジャズなどの音楽番組やソ連で発禁となっている文学に関する番組を聴こうとする者たちは夜な夜な受信機にかじりつき、どうにか聞き分けられそうな周波数を模索しているのだよ。ＶＯＡは特にソ連民衆に好まれており、聴取人口は週間３０００万人もいると言われる。

ＶＯＡを聴くためのもう一つの道は、大都市から遠ざかることだった。農村部は妨害基地が少ない。人々は農村や、ときには郊外にあるダーチャ（農園つき別荘）に逃避して、ＶＯＡやＢＢＣを聴いている。また、妨害の対象ではない短波受信機を買うという方法もあるにはあるが、普通のトランジスタラジオより高額で、買える人は一握りだ。

アンナとピョートルは、安奈をＶＯＡのアナウンサーにしようと、当局に働きかけた。安奈自身も、アンナとともに宇久島に帰省して、自分の出生が私（ブハウォストトス大佐）と深い繋がりのあることが判明して以降、ＶＯＡのアナウンサーになることを強く希望するようになった。

安奈の強みは、声が〝天使の声〟のように明るく爽やかな響きを持っていることだった。自由を奪われ、桎梏の統制下にあるソ連国民には、安奈の声は文字通り『天使の声、希望の声』に聞こえるに違いないと思われた。

アンナによる猛特訓のお陰で、安奈のロシア語は急速な進歩を遂げつつあった。安奈は卒業直前に受けたVOAのテストに見事に合格し、採用が決定した。安奈はVOA採用後は1年間、モスクワのアメリカ大使館勤務となった。その目的は、ロシア語のさらなる研修とソ連国民の生活状況を具に見ることだった。ソ連国民と直接接し、その実情をしっかりと見聞しておくことは、アナウンサーを務めるうえで不可欠だった。

安奈はモスクワ大使館における研修終了後、アメリカに渡りVOAのアナウンサーとして活躍している。安奈は、期待通り『天使の声、希望の声』でソ連国民に自由・民主主義の有難さを訴え続けている。その声は次第に浸透しつつあるものと思うよ。

何時の日か、必ずや『宗教は阿片』と見るマルクス・レーニンの共産主義体制は崩壊することを確信している。ロシア皇帝を最高司令官として戴いた私（ブハウォストス大佐）個人としても、帝政ロシアを倒したレーニン・スターリンは絶対に許せない。安奈の〝天使の声〟が共産主義体制を崩壊させる一助になることは嬉しい。私は1日も早いソ連帝国の崩壊と安奈の無事な宇久島帰還を待っているよ」

ミカエルと武夫は、ずいぶん長い時間ブハウォストス大佐の今日までの経緯を聞いた。ミカエルが「空が白みかけてきた。タケチャン、そろそろお暇(いとま)しようか」と言った。

武夫はブハウォストス大佐に、「大佐のお話は、軍人の生き方という以上に人間の生き方や神と人間の関わりなどについて大いに学ぶところがありました。本当に有難うございます。宇久島に帰省したときはまたお目にかかりたいと思います」と御礼と別れの言葉を述べた。

「戦後の反戦・反軍の世論が強い中、武夫君が防衛大学校を卒業した後の自衛官としての道は険しいと思う。だが、国家や民族にとって最も崇高な任務だ。大いに頑張ってください」

ブハウォストス大佐はこう武夫を励ましてくれた。武夫とミカエルは大佐に一礼をすると、猛ダッシュで福浦村の我が家に急いだのだった。

紋九郎鯨

高校時代の友人との再会

武夫は、昭和45年3月に防衛大学校を卒業後、福岡県久留米市にある陸上自衛隊幹部候補生学校に入校した。そして、同年10月に幹部候補生学校を卒業した後に、長崎県大村市にある陸上自衛隊第16普通科連隊に配置され、50年7月まで勤務した。あるとき、佐世保北高校時代に親しくしていた松下昇(まつしたのぼる)君から連隊本部に電話があり、それを受けた隊員が「橘君に電話をもらいたい」との伝言を伝えてくれた。すぐに電話すると、松下君が出た。

「おう、橘君ね。風の便りに君が防大を卒業して大村の連隊に着任したと聞いたとよ。そいで電話して見たとたい。俺は大学ば出て、日本水産株式会社に勤務しとるとよ。ちょうど休暇ばもろうて川棚(かわたな)に帰ってきたところたい。あんたの都合の良か日に大村に行くけん、一緒に酒でも飲もうや」

「おう、大歓迎たい。楽しみにしちょるけん」

こんな経緯で、松下君と高校卒業以来の再会が実現した。松下君は土曜日の午後に武夫の下宿を訪ねてきた。武夫の下宿は、部隊近くの池田郷にある石飛さんという採卵養鶏農家の2階の部屋だった。松下君は佐世保市江迎町で３００年以上続く潜龍酒造の地酒「本陣」や、自社製品の鯨肉の大和煮缶詰などお土産をどっさり持ってきてくれた。

酒好きの松下君の話によれば、佐世保までの大村湾沿岸には東彼杵郡宮村の「梅ケ枝」、波佐見町の「六十余州」など酒造メーカーが町ごとに数軒あるという。久々に顔を合わせた二人は鯨の缶詰を開けると、それを肴に湯呑で「本陣」の冷や酒を酌み交わした。昼間からの冷や酒、それも茶碗酒となれば酔いが回るのも早かった。

松下君が持参した鯨の缶詰は宇久島でもよく見かけたものだった。彼によれば肉はヒゲ鯨の赤肉だそうだ。酒が進み、二人は鯨談議で盛り上がった。

二人は、幼少の頃から鯨肉には馴染んでいた。鯨肉は、敗戦直後の日本国民の貴重なたんぱく質供給源であった。

「宇久島でも俺が子供の頃はライスカレーといえば塩クジラだったなあ」

「俺んところは少し上等の赤身じゃったよ。宇久島もカレーライスではなくライスカレーじゃったろう」

「そうだったな、ワハッハッ」

「〝尾の身〟や〝百尋〟、〝さえずり〟は食ったことあるか?」

「俺は、塩クジラと赤身しか知らん」

「俺はただ1回だけ、尾の身ば食うたことのある。俺の会社の近くの東京・日本橋で、同期入社仲間との飲み会だった。値段が高いから一人二切れが割り当てだった。『美味いので、人の分食わんようにしてね』と、幹事が念を押したほどだ。年配の捕鯨関係者の話では尾の身とは尾羽のつけ根の長さ約一尋(1・8メートル)くらいの部分だそうたい。外見は和牛の刺しが入ったのと同じで、口に入れると〝トロリ〟と舌の上で溶けるような感じで、絶品だったよ。

腸を茹でた〝百尋〟や、腎臓を茹でた〝豆わた〟は、俺の故郷の川棚ではおせちの必需品だったよ。〝豆わた〟はビー玉くらいの 腎臓組織が詰まっており、色は茶色だ。〝さえずり〟は鯨のベロ(舌)のことだが、俺も食べたことはない」

「さすが、日水の社員は鯨に詳しかね」

「俺の〝夢とロマン〟は、捕鯨船に乗って南氷洋に行くことだったんだ。実は俺がこの会社に応募したのは、陸上勤務員でも南氷洋捕鯨船団の母船に乗れるチャンスがあるという話を聞いたのが理由の一つなんだ。

日水に勤務する友人の話

橘君、自慢話になるばってん聞いてくれ。会社では南氷洋捕鯨船団以外にも、魚の種類別に船団を組んでいるんだ。スケソウダラのスリミ船団として峰島丸船団、敷島丸船団、玉栄丸船団の3個船団、サケマス船団として野島丸船団、カニ船団として恵光丸船団、カレイ船団として鹿島丸船団、以西底引網船団がある。また、ベーリング海には世界最大の5000トン級のトロール船が操業している。

このほかにも、高速冷蔵冷凍運搬船、鉱油兼用運搬船のにっぽん丸、タンカーなど、日水の所有船腹は100万トンに達し、水産会社としては日本一どころか世界一だ。トン数で言えば海上自衛隊の二倍近く、操業水域の広さでも負けんばい」

「そうか。俺はただの水産会社と思っていたが、ペルシャ湾から日本へ石油を輸入するタンカーまで持ってたのか」

「そうだ。入社するまで、俺もそこまでは知らんかった。まさか水産会社が鉄鉱石を運んでいるとは。石油タンカーや鉱油兼用運搬船は鯨油運搬船の発展形らしいよ。

ちなみに、船名が〝にっぽん〟丸とは社風にドンピシャリの感じだい。捕鯨母船としては図南丸、キャッチャーボートが興南丸、遠洋底引きトロール船に大和丸、金剛丸、霧島丸、榛名丸。まるで旧帝国海軍の軍艦のような名前だ。これらにも太平洋に勇躍しようとする経営者の思いが込められていると思う。

遠洋トロール船の出港のときには海上自衛隊の〝軍艦マーチ〟の代わりに、團伊玖磨が作曲した勇壮な社歌が演奏される。その歌詞は一言で言えば〝七つの海を制覇する〟という内容たい」

「さすが、松下君は業界トップ企業に就職したんだね」

「農業、水産業は一次産業と言うが、そうだな、当社は『一次半』産業たい。そん理由は、水産業の他に、缶詰、練り製品、フィッシュソーセージ・ハム、冷凍食品という四つの陸上食品加工業、冷蔵冷凍業、造船業、運送業、製薬業、火災保険業、海外合弁企業と手広くやっており、要するに巨大なシステム産業たい。

戸畑社屋の最上階にある漁業無線局では地球上の『七つの海』に展開する日水の船と24時間・365日交信している。社屋ビルの上には大きなアンテナ線が張り巡らせてあり、事務所内には何台もの大きな通信機が並んでいて、職員が『朝日のア』とか『いろはのイ』なんて無線の電文原稿の読み合わせをやっているよ」

「そうか、日水は世界に羽ばたく企業なんだな。凄いね。松下君は自社について誇りを持っとるね」

「捕鯨に関して言えば、俺がこの会社に入社した昭和40年代は南氷洋も北太平洋も国際捕鯨委員会（ＩＷＣ）の捕鯨枠が削減されていく時代で、大規模な母船式捕鯨船団は南氷洋出漁が困難になっていった時期だったとよ。そんなわけで、俺の南氷洋に行くという夢は絶望的になったわけさ」

「松下君はそんなに南氷洋に行きたかったとね」

「行きたかったよ。それが夢だったんだから。南氷洋の捕鯨船団の母船に乗る夢は絶たれたばってん、もう一つの微かな可能性が残っていた。それは、南氷洋のオキアミトロール船に乗ることだった。ばってん、この夢も『事務職は乗せない』と上司に言われ、消えてしもうた。

「オキアミトロール船と言うが、南極では鯨だけではなくオキアミも捕れるとね」

「そうたい。オキアミはタンパク質やビタミンを多く含み、栄養と味覚の面で食糧として注目され、食品の原料にもなるとばい。日水が南氷洋オキアミ事業のパイオニアというわけたい」

「それは、初めて聞く話ばい」

「こんなわけで、南氷洋に行く夢は消えてしもうたが、幸い、船に乗るチャンスは巡ってきたとよ」

「そりゃ良かった。その話ば、聞かせてくれんね」

「吉野丸という4000トン級大型トロール船が進水して、朝鮮半島沖で試験操業ばすることになって、幸運にも、俺も乗せてもろうたとたい。直接の上司の経理課長も乗せてもろうたけん、多分、陸上職員へのサービスという側面もあったろうと思う。俺の場合は、明らかに下働き・雑用要員だった。そのときの忘れられない感動的な光景があるとさ。

日本海ば航海しているとき、イルカの大群と遭遇したとばい。なんと、吉野丸の進行方向とイルカの大群が直交し、船とイルカの大群があわや衝突する格好になった。数百頭のイルカの群れは、幅50メートル、長さ300メートルくらいの水面に密集し、水しぶきを上げながら泳いでいた。そんな大群は、日本の沿岸では見られないものだった。水面全体がイルカの躍動——人間のバタフライ泳法に似ている——で、白波立っていた。

吉野丸の右舷側に見えたイルカの大群は、船首が群れに衝突する寸前に、先頭のほうから海中に潜り込んで消えた。イルカたちは吉野丸の船の下を潜り抜けたのだった。そして、しばらくすると、船の左舷側に順番に浮上し、何事もなかったかのように、また白波を蹴立てながら遠ざかった。

甲板の隅では甲板員3人が網を揚げたとき、わずかに入っていたマツイカを捌いて、空になった祝い酒の四斗樽（しとだる）に投げ込んでいた。塩辛は酒樽に漬け込むと味が良いらしい。イルカはこのマツイカを追って、日本海に入って来たのかもしれない。

「松下君は、捕鯨船には乗れんかったばってん、良か航海の体験ばできたわけたいね」

「そん通りたい。このイルカを見ながら江戸時代の五島から壱岐（いき）にかけての大村藩の〝鯨組〟などを思い出していた。このイルカの群れのように、潮吹きする鯨の群れも、東シナ海と日本海を春になれば北上し、冬になれば南下してたんだろうと想像したよ」

「宇久島近海でも、鯨は2月までは南下し、3月以降は北上する群れが多かったと聞いたことがあるよ」

「そりゃそうだろう。宇久島と生月島・平戸島間の五島灘――志々伎灘（しじきなだ）とも呼ばれる――は、幅の広い天草灘（あまくさなだ）から北上すればだんだん狭くなってネックになっている。鯨を捕るには絶好の場所たい。だからその周辺の宇久島・生月島・平戸島には鯨を捕る鯨組がいくつもあったそうだ。宇久島にも山田組というのがあった。橘君は山田組のことは知っとるか」

「恥ずかしながら知らんとよ」

宇久島の鯨組にまつわる言い伝え

「山田組は鯨組の一つで、鯨ば捕るための大仕掛けの組織——現代風に言えば総合システム——たい。八丁櫓で鯨を追う勢子船衆、網を展張する双海船衆、獲った鯨を2艘で納屋へ運搬する持双船衆などのほか、静かな入江の奥に構える納屋で捕獲した鯨を解体・加工する衆もいる。皮を煮炊きして鯨油を搾り取る衆、それに船大工、鍛冶屋も必要だった。これら大勢の男衆の世話をする飯炊きの女衆もいた。

これらを全部合わせると総勢数百人から千人の大部隊になったという。宇久島の山田組は、宇久島の中心地である平にあったそうだよ」

「俺は、宇久島の中心の平から離れた福浦という小さな集落の出だから、山田組のことはほとんど知らなかったよ。恥ずかしいことだ。まあ、松下君、もう一杯飲もうよ」

武夫は、こうして、自分の故郷の言い伝えも知らない不甲斐なさを紛らわすために、松下君に酒を勧めたのだった。

「ところで橘君、宇久島の山田組は三代目組頭の紋九郎のとき、大きな遭難事故が起こったのを知っちょるかい」
「恥ずかしい話だけど、全く知らんばい。ぜひ話してくれ」
「話はこうたい。師走も押し迫ったある晩に、紋九郎の夢枕に立った子連れの鯨が『私は、これから五島の南の端にある大宝寺へ参るのだが、子供を連れているので、どうぞこのたびは見逃してください』というのも聞かず、鯨捕りに向かった山田組の捕鯨船団は大嵐に遭い、72名の遭難死者を出したと言われている。人数の多さもさることながら、この遭難の伝説には、どこか鯨を獲ることへの贖罪のような思いが込められているような気がするんだ。命を獲られる鯨と、生きるために鯨の命を奪う人間、双方の悲哀が描かれている。単なる捕鯨反対の話ではない、どこかヒトの『業』が表れている。日本人が昔から持つ思い――自然は征服するものでなく、共生するものという考え方――が背景にあるように思える。

もっとも、宇久島での鯨に関わる遭難死に関しては、次のような、もう一つの話があるんだよ。

埼玉県桶川市倉田にある真言宗智山派の明星院に残る『明星院旧記』によれば、正徳年間（宝永の後、享保の前。１７１１年から１７１６年までの期間）、宇久島の山田組が繁昌している頃のことだが、山田組が鴨瀬（平家盛公漂着の地である火焚崎近くの瀬）に鎮座する鴨大明神を厄神鼻にある厄神社に移し、鴨瀬には鯨を菩提するために大石塔を建立しようとしていたところ、大嵐が来て、石塔は海の中に飲み込まれてしまったという。そのとき、山田組の船が数艘難船し、75人が死んだというんだよ。

ほかの土地にもイルカを供養する物語があるが、宇久島の伝説のように鯨を供養する話は全国的にも珍しい例たい。おまけに山田組はこの遭難の後、鯨組ば解散してしまった。

俺が入った日水の創業者の田村市郎氏は、永平寺の高僧に『漁は仏教のいう殺生を犯すもの、後生を願うならばやめられたがええ』と説かれたという。それに対して、田村氏は『ときに老師、永平寺には鶴が飼われておりますが、どういう餌を与えておられますか』と、返したという。高僧曰く『む、む、それはな……生きたドジョウじゃよ』。田村氏はさり気なく『さようですか』とだけ言ったそうだ。日水は、毎年お寺さんで〝報鱗供養〟をやり、魚と殉難者を弔っているよ。

橘君、紋九郎鯨の伝承は、宇久島の山田組がいかにたくさんの鯨を獲ったかの傍証でもあるな。江戸時代中期のある年の鯨油生産高は大村の深澤義太夫兄弟の合計約6000樽、次が宇久島の紋九郎の約2500樽、次が平戸の谷村組の約1900樽という記録がある。紋九郎の鯨捕獲数は相当なものだったのだろう」

「うーん。恥ずかしかことばってん、紋九郎の話は初めて聞いたよ。宇久島の歴史ば松下君に教えてもらうなんて、俺は不甲斐なかな。今度会うときはしっかり説明できるごと勉強しちょくけん。そのうちまた会おうよ」

松下君との高校卒業以来の再会で盛り上がり、武夫は相当飲んで酔っ払ってしまった。松下君も千鳥足で大村駅から汽車で川棚の自宅に帰っていった。松下君が鯨にまつわる話をしてくれた中で、なぜかは分からないが、宇久島の紋九郎鯨の伝説が武夫の頭にこびりついて離れなかった。

その夜は酒の力も手伝って熟睡した。すると、夢の中にミカエルが現れた。

ミカエルと一緒に紋九郎に会いに行く

「タケチャン久しぶり。松下君と再会し、相当盛り上がって飲んだね。楽しかったろう」

「おうミカエルか。よう来てくれた。お前のことはいつも気にしとっとぞ。松下君は高校の中でも入学区域以外から入った〝越境組〟仲間ということもあって、仲良しだった。高校当時は酒も飲めんかったけど、今では飲める年になったので、大いに飲んだわけたい」

「タケチャンは松下君から聞いた紋九郎鯨の話に興味ば持ったようだね」

「なしてか分からんばってん、気になって気になって仕方のなか。宇久島で生まれ育ったばってん、聞いたことのなか話たい。子供の頃、家には数個の鯨の頭蓋骨があったので、松下君の言うごつ、宇久島では鯨捕りが盛んじゃったのは間違いなかと」

「そんなに気になるなら今から行ってみようか。山田紋九郎さんから直接、紋九郎鯨の話を聞いたらいいじゃないか」

「エーッ。そんなことができるの。ぜひお願いしたい。高校1年のときに、三浦のソテツのある三浦神社に行ってツバキさんと会うたときは、ボクの手に羽が生え翼になって、それで空ば飛んで佐世保から宇久島に行ったね。今度はどうやって行くとね」

「海上自衛隊大村航空隊のヘリで行こうや」

「エーッ。逮捕されるよ」

「心配なか。黙って俺について来いよ」


武夫は、下宿を出る直前にとっさに思いつき、松下君が土産に持ってきた潜龍酒造の地酒や鯨の大和煮、それに湯飲み茶わんをバッグに入れて持っていくことにした。もちろん、割り箸と缶切りも忘れなかった。武夫とミカエルは自転車に乗って、大村航空基地に向かった。営門に着くとミカエルは自転車に乗ったまま知らん顔して通過したが、警衛は誰も呼び止めなかった。武夫が営門の前で躊躇していると、ミカエルが反転してきて「何を愚図愚図している。早う来い」と急かせた。武夫は勇気を出して自転車で侵入したが、誰も咎める者はいなかった。ミカエルと武夫は〝透明人間〟のようなものだったのだろう。

二人は、基地にあるヘリコプターに乗り込んだ。

「ミカエル、お前はヘリの操縦ができるとね。管制塔がお前の飛行ば許すとね」

「ふ、ふ、ふ、ふ、ふ……」

驚いたことに、ミカエルはいつの間にか海上自衛隊のヘリパイロットの服装に着替えていた。エンジンが始動しメインローターが回り始めた。武夫が驚いている暇もなく、ヘリはあっという間に離陸した。機長席に座ったミカエルは経験豊かなヘリパイのように操縦桿を握っている。恐るべし、スーパーガッパの能力！　不思議なことにヘリの騒音は全く聞こえなかった。

武夫は墜落するのではないかと心配したが、夜間にもかかわらず飛行は安定していた。ヘリは眼下の漁火を見ながら、大村湾上空を北北西に飛行し、西海橋、佐世保港入り口の寄船鼻、平戸島南端の志々伎崎を経て、宇久島の平港に向かった。平港に着くと、宇久高等学校の校庭に着陸した。あっという間のフライトだった。

ヘリから降りるとミカエルは「今から松下君の話に出てきた山田紋九郎の墓と、紋九郎鯨伝説に出てくる72名の犠牲者の『七二人様』の墓がある堀川墓地に行こう。ついて来い」と言うと、先に立ってどんどん歩きだした。武夫は少し酒の酔いが残っていることもあり、夜の暗闇の中を歩くのは難渋したが、すぐに堀川墓地に着いた。ミカエルはある墓石の前で立ち止まった。

今まで真っ暗だったが、ミカエルの前の墓石の辺りがほの明るくなると、驚いたことにそこには人影が浮かび上がった。ミカエルが武夫に言った。

「タケチャン、紹介するよ。この方が松下君が話していた紋九郎鯨に出てきた山田紋九郎さんだよ」

「エーッ、今から250年ほど前におられた山田紋九郎さんですか。初めまして。私は福浦部落出身の橘武夫と申します。今、大村の陸上自衛隊で小隊長ばしとります」

「そうか、武夫君か。そういえば、福浦の入り江には拙者が生きている頃はよく鯨が入ってきて、それを捕獲していたなあ」

「私が子供の頃は、自宅の庭には鯨の大きな頭蓋骨が数個も転がっていました。昨日の昼間、水産会社に勤務する高校時代の友達が遊びに来て鯨の話ば聞きました。その話の中に、紋九郎鯨の伝説がありました。紋九郎さんには失礼ですが、私はその伝説を知りませんでした。私の親友から聞いたその伝説が頭にこびりついて気になっていたところ、このミカエルさんが私をここに連れて来て、紋九郎さんに引き合わせてくれました。もしお許しいただけるなら、紋九郎さんから鯨伝説を直接お聞きしたいのですが」

「お安い御用だ。狭いけど、そこに座れよ」

「紋九郎さん、大村の地酒と鯨の缶詰ば持ってきました。一杯やりながらどうですか」

「それは気が利くね。一杯もらおう」

紋九郎鯨の伝説

紋九郎さんは、鯨の大和煮を肴に冷酒を一口飲むと、紋九郎鯨の話を始めた。

「拙者は宇久島に誕生した山田鯨組の三代目の組頭だったとよ。山田鯨組は祖父の茂兵衛(もへい)が延宝(えんぽう)８年（１６８０年）に創業したので、拙者は父の二代目の茂平治(もへいじ)から受け継いだわけですたい。『鯨一頭七浦を潤す』と言われるが、農耕地の少ない宇久島では捕鯨は一大産業じゃった。拙者の下には鯨を捕獲する捕鯨組と捕った鯨を解体・加工する納谷組がいた。また、皮を煮炊きして鯨油を搾り取る役目の組、船大工、鍛冶屋、飯炊きも必要だった。その他にも鯨の接近を見張る山見小屋も宇久島の数ヶ所に置いていた。これらに関わる総勢は千人近くにのぼり、家族を合わせると大変な人数だった。拙者はこの人たちを養う責任があった。

捕鯨組は鯨に追いついて銛を打ち込む役割の15人乗りの快速艇(八丁艪)の勢子船14艘、鯨の前方に網を展開して鯨を捕捉する役割の双海船10艘、捕獲した鯨を挟み込み、納屋に曳航する持双船3組(6艘)などがあった。船はいずれも船団内での識別と装飾のため赤や黄、黒などの派手な色彩で塗装され、海に浮かべると、きらびやかな姿を誇っていたよ」

「五島灘は鯨が多くいたと聞いてます。いつも豊漁だったとですか」

「鯨は生き物たい。また、漁は受け身で、待ち受けたい。山田組が狙う鯨は、春に北上し、冬に南下する。その道筋は大まかに言えば、九州の西側の対馬海峡コースとその東側の沿岸コースがある。当時の船で山田組がカバーできる鯨漁の水域は宇久島を拠点として最大2～3里の漁場じゃったが、主な漁場は宇久島と生月・平戸島の間の志々伎灘だった。

鯨組は全国各地にあり、競合していた。鯨が南下する例を考えれば分かりやすい。紀伊半島にある太地や土佐の室戸が豊漁の場合、宇久島の近海に来る鯨は当然少なくなるのだ。だから鯨の漁獲はそれほどたやすいものではなく、不漁続きのことも珍しくなかった。それゆえ、山見小屋の者が鯨を見つけると、鯨組の衆は何としてもこれを仕留めたいという気持ちになるのは当然だろう」

「それもそうですね。一方で、日本人は昔から殺生を忌む習わしがあったのですよね」

「そうたい。鯨漁は鯨という生き物の命を頂くことたい。鯨に銛を打ち込む羽差したちはもとより、組の者はみな鯨に対する慈しみの心ば持っとったよ。だから島では鯨塚ば作って、鯨の霊ば供養しとったとたい。我々は、子連れの鯨ば捕るときは辛かった。初めに子鯨ば捕れば、母鯨はいったん逃げても引き返して助けようとする。だから最初に狙うのは子鯨たい。

ただ、子連れの鯨は獰猛（どうもう）になり、事故に繋がりやすい。また、子鯨を〝人質〟にして逃げる母鯨を引き留めて捕ることは日本人の感情には合わない。だから、全国の鯨組では『背美（鯨）の子連れは夢にも見るな』という言い伝えがあったとは確かたい」

「紋九郎さんは子連れの鯨ば捕ったことがあるとですか」

「そりゃあるよ。ばってん今から話す紋九郎鯨の悲劇は、まさに子連れ鯨にまつわる話たい。拙者が組頭になって、しばらくはかなりの豊漁が続いた。ところが正徳5年（1715年）の冬は宇久島近海を南下する鯨がいなかった。水夫（かこ）たちは『このままじゃ良か正月の迎えられん。米も餅も買えんたい。せめて一本捕れんものかのう』と言い合っていた。

組頭の拙者としては、当然のことながら東光寺や宇久島神社に豊漁を祈願した。だが、さっぱりご利益はなかった。とうとう年も明けたが、正月半ばが過ぎても鯨は来なかった。

正月21日の夜、拙者は不思議な夢ば見た。大きな子持ち鯨が近寄ってきて、拙者に切々と人間の言葉で訴えた。『紋九郎殿、私（鯨）はこの子供を連れて、もうすぐ宇久島の東海岸の志々伎灘を南下し、福江島（ふくえじま）の大宝寺に参詣する途上です。お慈悲ですからどうか今度ばかりは見逃してください』と。

拙者は目が覚めてこの不思議な夢のことを考えた。なるほど、1月21日は弘法大師の『初大師』だ。武夫君も知っている通り、弘法大師（空海）の忌日が3月21日であることから、真言宗各寺院では毎月21日を縁日としている。1月21日は新年最初の縁日ということで、『初大師』や『初弘法』と呼ばれる。

福江島にある大宝寺は、高野山真言宗の寺院で、弘法大師が唐の国から帰朝される途中、大宝の浜に上陸ししばらく滞在されたことから『西の高野山』と呼ばれておる。夢に出てきた鯨とはいえ、鯨の弘法大師に対する信仰心を無下にすることはできないと拙者は思った。

拙者は組の主だったものを集め、夢の話をした。『一寸の虫にも五分の魂というが、鯨はこの世で最大の生き物たい。これまで宇久島に大きな富をもたらしてくれた有難い有難いものたい。それが初大師の日にわざわざ夢に現れて〈お慈悲ですからどうか今度ばかりは見逃してください〉と言うたとばい。そいば無下にすれば、何か祟りのあるごたる気がすっとよ。頼むけん、今日、子連れ鯨が沖を通っても見逃してやってくれ』と拙者は部下たちに頭を下げた。

ばってん、不漁続きに我慢できなくなった組の水夫たちは生返事で、拙者の話を本気で聞こうとはしなかった。昼飯ば済ませ、一服しとるときだった。堀川にある山見から『古志岐三礁(宇久島の北東約5キロにある場所)の方向に鯨の潮吹きが見えた。子持ち鯨のごたる』という急報が入った。

水夫たちはその報に歓声を上げ、拙者の諫めなど忘れて、すぐに支度を整え、300人以上を乗せた30艘あまりの大船団が鯨の方向を目指して全速力で漕ぎ出して行った。組頭の拙者は島に残った。水夫たちが鯨に近づいてみるとそれはやはり子連れで、大きさは30メートルに近い最大級の白長須鯨(しろながすくじら)であった。

これを見て、水夫たちは『絶対に捕るぞ』といきり立った。双海船が鯨の前方に回り込み網を入れた。一張、次いで、二張、さらに三張と。鯨は網にかかると速度が鈍った。

勢子船が大挙して漕ぎ寄せ、羽差したちが次々に銛を打ち込んだ。おびただしい血が噴き出し海を染めた。水夫たちは鯨の鮮血の匂いに興奮しつつ、逃げる巨鯨にかけた網に結わえた縄で多数の船を曳かせながら鯨が疲れ果てるのを待った。こうして、銛の痛みにのたうち回る子連れの巨鯨と船団の壮絶な死闘が繰り広げられた。

鯨との死闘に熱中していた水夫たちは、墨を流したような黒雲が西のほうから忍び寄っていることに気がつかなかった。いや、気づいた者がいたとしても、鯨捕りを中断するなどという発想はなかったはずだ。黒雲はいよいよ天を覆い、やがて強風が加わり、大時化となった。みぞれ交じりの雨が強くなり、視界が遮られ、宇久島と生月・平戸島の島影が定かではなくなった。船は木の葉のように弄ばれ、玄界灘の海の上で鍛えられた水夫たちも身の危険を感じ始めた。

こんな悪天候に助けられたように、巨鯨は網を破り、銛に結んだ綱を切って逃げた。万事休すである。漁の頭領は非常事態であることを悟り、『船を宇久島に返せ』と叫んだが、嵐にかき消されその声は届かなかった。数十隻の船はてんでバラバラに潮風に流され、杳（よう）として行方が知れなくなった。拙者は島から捜索・救助の船を出そうとしたが、二次災害に巻き込まれると思い、諦めた。ひたすら皆の無事を神仏に祈った。

バラバラになった船はそれぞれの努力で宇久島に戻ろうと懸命に櫓を漕いだ。しかし、大波と大風はそれを許さなかった。大波が船の中に流れ込んできた。水夫たちは懸命に海水を掻き出したが、船はたちまちのうちに水浸しになった。船は半分沈んだ状態になり、さらに大波が流れ込む状態となった。

宇久島近海の1月の海は寒い。泳ぎが得意の水夫たちも、寒さには抗しきれなかった。今の言葉で言えば低体温症にやられるものが出てきた。低体温症になると、心臓や脳などをはじめとして、さまざまな臓器が正常に働かなくなり、意識が朦朧となる。半ば失神状態の水夫たちは、荒れ狂う大波で上下左右に揺り動かされる船から海の中に放り出されて、次々に死んでいった。

こんな悪条件の中だったが、手練(てだれ)の水夫たちの多くは船を懸命に漕いで島に戻ってきた。島に戻った水夫たちには温かい味噌汁と握り飯を食べさせ、熱い風呂に入れて生気を取り戻させた。だが残念なことに30艘の船のうち、7艘の船は戻らなかった。

翌朝は、前日の嵐が嘘のようにからりと晴れた。船を出して捜索するとともに、海岸をくまなく見て回った。出漁したもののうち、浜に漂着した亡骸と行方不明者は合計72名にも上った。この事故で、拙者は物心両面にわたり、計り知れない打撃を被った。これはまさしく、あの夜、鯨が夢に出てきて『お慈悲ですからどうか今度ばかりは見逃してください』という懇願を聞いてやらなかったことの報いだと思った。拙者が部下たちの出漁を、身を挺して止めていたならこの悲劇は避けられたのに、と悔やんだが後の祭りだった。

生き残った水夫から『鯨の背中には山田組の紋章がついていた』という驚くべき奇怪な報告があった。私はこれを聞いて、やはり神仏はこの世におられるのだと痛切に悟った。改めて、夢枕に出てきた鯨の話を軽い気持ちで聞いていた自分が悔やまれた。

夢枕に立った巨鯨の約束

拙者はこの大事故を受けて鯨組を続けるかやめるか迷った。72名の尊い人命を失い、船数隻と網を失い、その損失は大きかった。鯨漁を続けるとなれば新たな投資が必要だ。だが、鯨は気まぐれで、宇久島の近海に来るかどうかは定かではなく、不漁の場合は借金がかさむだけだ。だが、鯨組を解散すれば、島民の多くが生きていくための糧を得る道を閉ざすことになる。そう考えると、拙者は悩み、かつ迷った。

そんな折、再び巨鯨が私（紋九郎）の夢枕に立った。鯨はこう言った。

『私（鯨）が夢枕で頼んだことをお前は聞いてくれませんでした。だから、弘法大師がそんなお前を懲らしめてくださったのです。お前はもう鯨捕りをやめなさい。そうすれば鯨の代わりに、鯖、鰯、鯛、イカ、アワビなどが豊漁になるように計らってあげましょう。宇久島の島民はこれで十分に暮らしていけるはずです』

拙者はその夢枕の鯨の言葉に心を動かされ、山田組を解散して鯨漁をやめ、それに代えて鯖、鰯、鯛、イカなどの魚やアワビを捕ることとしたのだ。そうしたら鯨のお告げの通りに豊漁が続き、島民の暮らしは守れたよ。

海に囲まれた宇久島は、拙者の時代以前から鯨との関わりが深かった。堀川町には日本でも珍しか鯨に乗った恵比須様ば二体祀った祠のあるとよ。戦前・戦後、15名ほどが大洋漁業や日水のキャッチャーボートの砲手として南氷洋捕鯨に参加していた。大勢の宇久島出身の砲手が荒れ狂う南氷洋で大活躍をしたとばい。彼らは年収数千万円の高給取りだった。この中で一番若い砲手は、武夫君と同じ昭和22年生まれの松坂潔(まつざかきよし)さんで、堀川町の出身たい。南氷洋の荒波の中、逃げる鯨に銛を打ち込む射撃技術は生半可ではできない神業たい。

そんな功績が認められて、神島(こうじま)神社には日本捕鯨株式会社から鯨の乗った石灯籠が奉納されちょる。

キャッチャーボートの砲手たちは一番下っ端の船員として採用され、その後涙ぐましいほどの努力をして〝花形の砲手〟にまで上り詰めたというわけたい。彼らの活躍は、宇久島に伝わる鯨捕りの歴史に培われ、伝統と誇りから育まれたのではないかと考えちょる。武夫君、どうだ、このくらいでよかね」

「有難うございます。宇久島に勇壮な勇魚取（いさなとり）の歴史があることがよく分かりました。私の故郷・宇久島には世に誇るべき歴史があり、先人が活躍していたことを知り、勇気づけられました。私も先人に負けないように大きな志を抱いて進みたいと思います。今夜は有難うございます。これで失礼します。今度帰省したらまたお参りに伺います」

ミカエルと武夫は堀川墓地から辞去し、ヘリコプターがある宇久高校の校庭に急いだ。ヘリに乗ると、ミカエルはすぐに離陸して大村基地に向かった。

「タケチャン満足したかい」

「ミカエル有難う。おかげで大満足たい。ボクは島で生まれ育ったことにコンプレックスを持っていたんだが、今夜、紋九郎さんの話を聞いて、宇久島で生まれ育ったことを誇らしく思えるようになった」

「それはよかった。その状況を日本人に置き換えると、日本人は歴史を学んで日本人に生まれたことを誇りに思うようにならなければ、戦後レジームは克服できないよ」

「おや、ガッパのミカエルにしては大上段に振りかぶって、大層なことを言うな」

「ふ、ふ、ふ、ふ、ふ……」

間もなく大村基地に到着した。武夫とミカエルは〝透明人間〟とガッパとして、警衛所の前を自転車ですり抜けた。ミカエルと別れて下宿に戻り、バタンキューと寝てしまった。

翌朝目が覚めると、紋九郎さんと出会ったことが本当のことか夢だったのか定かではなかった。だが、前日松下君からもらった潜龍酒造の地酒や鯨の大和煮が全部なくなっていることが分かった。これはやっぱり夢ではなかったのだ。

火難を免れた話

駐屯地の盆踊り大会で突然体調不良に

この話も武夫が長崎県大村市にある第16普通科連隊の第4中隊で、小隊長をしているときのエピソードである。それは、昭和45年8月のお盆直前に行われた大村駐屯地の盆踊り大会当日のことだったと思う。盆踊り大会は自衛隊大村駐屯地の恒例行事で、隊員とその家族はもとより市民も大勢参加する賑やかな年中行事だった。この日は、盆踊りだけでなく、隊員たち自らが焼き鳥や金魚掬いなどの出店を開き、ビールや酒も駐屯地内で自由に飲めるので、隊員たちにとっては格別楽しみにしている日だった。

その日は、朝から隊員総がかりで準備を始めた。グラウンドの中央に紅白の幕で覆った櫓を組み、それを中心に四方八方にロープを張り巡らせて提灯を何百個も吊るした。土埃が立たないように消防車が丁寧に放水した。自衛隊は全国の駐屯地ごとに独自の消防隊（自衛隊員が消防士）を編成し、消防車を保有している。この消防隊は駐屯地の自衛消火だけでなく、駐屯地近隣の民間の火災にも出動する。
隊員たちは、この日に備え、1週間も前から課業終了後に隊舎の前の広場で、町内の婦人会の小母さんたち有志から毎日1時間も盆踊りを習った。炭坑節、東京音頭、二十一世紀音頭などの楽曲に合わせて、戦闘服姿で練習に励んだ。

盆踊りだけではなく、隊員の出身地の民俗舞踊なども披露された。五島列島最大の福江島出身の隊員有志による「チャンココ」踊りのグループは、特別念を入れて練習に励んでいた。チャンココは、古い念仏踊りの一種である。毎年、旧盆の8月13日から15日にかけ、「チャンチャン　ココ　ココ　チャン　ココ」という鉦(かね)の音と太鼓の音が福江市内に響きわたるそうだ。

盆踊り当日、「チャンココ」踊りの踊り手(隊員)たちは、格別人目を引いた。衣装は、ニューギニアなどの原住民のそれを思わせるエキゾチックで凝ったものだった。ビロウの葉の〝腰蓑(こしみの)〟を巻き、頭には原色の飾り兜(かぶと)をかぶり、首から太鼓をかけ、鉦の囃子(はやし)にあわせて太鼓を打ちながら踊る。踊りながらくるりと回ると、腰巻のビロウの葉がとフワリと広がった。

武夫は盆踊り当日の午前中、いつものように朝礼前のランニングに引き続き、国旗掲揚後は当日の訓練メニューの銃剣道に汗を流した。武夫は人一倍元気者で「アニマルタチバナ」と呼ばれていた。当時は若かったので、文字通り「疲れを知らない」と言えるほど、元気に溢れていた。

ところが、盆踊りの当日、そんな元気者の武夫に異変が起こった。部隊の食堂で昼食を終え、幹部室に戻るとなんだか体がだるくなり、頭痛が始まった。それまでに体験した風邪の自覚症状ではなかった。体調不良の原因がさっぱり分からなかった。夕方の盆踊り大会の開会式が近づくにつれ、頭痛は一層ひどくなった。そのうちに、耳鳴りがひどくなった。耳鳴りは初めての経験だった。

武夫は頭痛と耳鳴りに耐えるのが困難となり、立っているのも辛く、第4中隊の隊舎の前の営庭の隅にあるクスノキの巨木の陰に座り瞑目した。耳鳴りがさらにひどくなった。するると耳鳴りの中に微かな声が聞こえた。聞き覚えのある声だった。「タケチャン、タケチャン」と聞こえた。その声はまぎれもなくミカエルの声だった。武夫も痛みに耐えながらか細い声で応えた。

「おお、ミカエルか。俺はいま頭が割れるように痛かとばい。どぎゃんすりゃ良かろうか」

「タケチャン。それは神様のお計らいたい。盆踊りも何も関係なか。すぐに下宿に帰れ」

「なして、すぐに下宿に帰らんばいかんとね」

「そんなことをいちいち説明している暇はない。運用訓練幹部の大山2尉に申し出て、すぐに下宿に帰れ」

ミカエルの声は、そこまでだった。後はまた凄い耳鳴りが続いた。武夫は、耳鳴りの中で微かに聞こえた声が本当にミカエルの忠告だったのかどうか疑った。空耳だったのかもしれない、と思った。だが待てよ、これまでガッパのミカエルが武夫を騙したことがあるかと自問した。ない。確かに、ミカエルが武夫を騙したことは今まで一度もない。すぐに帰宅すべきだと決心した。

ミカエルが耳の中で囁いた通り、運用訓練幹部の大山2尉に相談することにした。もちろん武夫はミカエルの話を一切、大山2尉に話すつもりはなかった。

「大山2尉、頭の割れるごと痛かとです。盆踊り参加ばやめて、下宿に帰って寝たいと思うとります」

「エッ、あんたのごと強か人間も、そぎゃんことのあるもんたい」

「私自身も原因が分かりません。こぎゃんに頭の痛かことは生まれて初めてです」

大山2尉は残念そうに言った。

「今日は家内も娘のヤス子と佳子も来る予定たい。武夫兄ちゃんに会うのば楽しみにしちょったとに。俺も、あんたとビールば一緒に飲もうと思うちょったとに残念たい。ばってん、体は大事たい。中隊長には俺が報告しとくけん、早う帰って休まんね」
「すみませんが、そうさせてもらいます」

火の不始末で火事一歩手前に

武夫は頭痛を堪えて下宿に帰った。下宿の小父さんも小母さんも養鶏の世話で家にはいなかった。武夫は半長靴（はんちょうか）（編み上げの軍靴）の紐を解いて脱ぎ、階段を上って2階の自室に向かった。

部屋に近づくにつれ、心なしか焦げ臭いと思った。障子を開けて自室に入ると驚いた。ムッとする熱気。これは夏の気温のせいだけではない。見ると、電気コンロが畳の上で点けっぱなしだった。ニクロム線が真っ赤に輝き、室温は40度を超えていた。

武夫はすぐに電気コンロのコンセントを抜いた。コンロを動かしてみて驚いた。なんとコンロの下の畳は真っ黒に炭化しているではないか。後30分ほど帰宅・発見が遅れていたら間違いなく炎上し、一瞬のうちに火事になって、木造家屋の下宿は灰になっていたに違いない。それどころか、家に隣接している養鶏場の千羽近くの白色レグホンも「焼き鳥」になっていたことだろう。

武夫はドッと汗が噴出して、喉の渇きを覚えた。水道の蛇口に口をつけ、直接水をガブ飲みしたら気持ちも落ち着いてきた。我に返ると、不思議な話だが、あれほどの頭痛と耳鳴りが嘘のように消えていた。

「あの、頭痛と耳鳴りは何だったのだろうか。ガッパのミカエルが耳の中でつぶやいたように、神様のお計らいだったのかもしれない。目に見えない不思議な力が働いて、武夫に頭痛と耳鳴りを与え、部隊を早引けさせてくれたのだろうか」と自問した。

武夫はすぐ近くにいるはずのミカエルに「ミカエル有難う。君のお陰で火難を免れることができたよ」と囁いた。それにしても、ガッパは火難を封じることができるのか——と疑念が湧いた。ミカエルはやっぱりスーパーガッパに違いないと、改めて思った。

王城寺原の怨霊

連隊長の厳しい指導

武夫は昭和58年8月から60年7月の間、山形県東根（ひがしね）市の神町駐屯地にある陸上自衛隊第20普通科連隊第4中隊長として勤務した。中隊長職に就くことは待ちに待った願いだった。当時、普通科中隊の定員は200名余であったが、武夫の中隊の隊員数は約150人だった。武夫は2年間隊員たちと苦楽を共（とも）にした。

武夫の上司は石原秀也連隊長（防大4期）であった。石原連隊長はもともと普通科（歩兵）ではなく航空科出身で、ヘリのパイロットだったが、将来を嘱望される逸材なので、陸上幕僚監部の防衛班長というエリートコースから普通科連隊長に補職されたと聞いた。石原連隊長は武夫と同じ防衛大学校の空手道部の先輩で、部の歴史に残るほどの達人だった。連隊の創立記念日には自ら空手の型と短剣捕りの演武を披露した。

頭脳明晰、体力気力とも超人的な自衛官で、武夫が終生尊敬する先輩の一人だ。石原連隊長は情に厚い人だったが、訓練に関しては極めて厳しく、妥協を許さなかった。武夫は1年余にわたり石原連隊長に仕えたが、厳しい指導を受け、多くのものを学ばせていただいた。

武夫は中隊長時代、演習で思いもしない事故に遭い、命拾いしたことがある。それは、昭和59年、酷寒の2月、宮城県王城寺（おうじょうじ）演習場で連隊の陣地防御戦闘訓練をしているときの出来事だった。武夫は、連隊長が主催した作戦会議に参加した。作戦会議は、夜8時開始だった。その日は曇っていて、月齢には関係なく闇夜であった。武夫は、最前線にある中隊の防御陣地内で夕食を終え、7時前には作戦会議が行われる約2キロ離れた連隊指揮所に向かってジープで出発した。

石原連隊長は、夜間の喫煙を禁じたほか、車両の運行は無灯火を厳守するよう日頃から厳しく指導していた。その理由はこうだ。ベトナム戦争では、灯りを目標にベトコンから米兵は狙撃された。闇の中では、煙草の火が格好の目標となった。煙草を吸う瞬間、火光は最高度に輝く。ベトコンはそれに照準を合わせ、引き金を引く。そうすると米兵の致命傷となる頭部に命中するのだ。また、ジープなどの車両がライトを煌々と点灯して走れば、敵に自分の部隊の所在や企図などを暴露することになる。

だが無灯火で運転することは、ドライバーにとっては難題である。悪路の演習場で闇夜の中、車両を運転するのは至難の業だった。そのために、連隊長は、暗夜における車両運転の訓練までやらせた。

　武夫とドライバーの鈴木士長は、歩く速さよりも遅い速度で、2キロほどの道のりを1時間あまりもかけて、ようやく会議が行われる連隊指揮所に行き着いた。暗闇の中、演習場の道路を運行する間、悪路の部分に差しかかると武夫は下車して、鉄棒の後ろにつけた蛍光塗料を目印にして誘導した。


　作戦会議は施設作業小隊(土木工事が専門)が構築した、砲弾の直撃にも耐えられる地下掩体壕(えんたいごう)の中で行われた。会議場の中央には作戦地域の地形を土砂、草・小枝、毛糸(道路を示す)、チョークの粉などで模造した「砂板」の上に、敵と味方の各種部隊の符号をアクリル板にプリントした「部隊符号」が並べられていた。連隊長の作戦指導は、この「砂盤」を中心にして、中隊長などの関係幹部が参加して行われた。連隊長の指導は、兵棋演習の一種で、「砂盤」の上において、連隊の作戦計に基づく作戦行動を再現して行う軍事研究・指導であった。石原連隊長は、時間の経過とともに、連隊と敵の「部隊符号」を動かしながら、重要な結節ごとの各中隊長の決心・処置などを質問し、その適否を厳しく指導した。

　石原連隊長の指導は合理的で、核心を突いており、かつ厳しいものだった。武夫は、六人の中隊長の中で唯一CGS(旧軍の陸軍大学に相当)を卒業しているという自負もあり、連隊長の指導には真剣勝負で臨んだ。そのときの、石原連隊長と武夫のやり取りの一コマはこういうものであった。

「橘中隊長。敵の戦車と装甲歩兵戦闘車数両が、橘中隊の『森の台』陣地の前砲５００メートルに迫ってきた。同時に、敵の砲兵は『森の台』陣地に猛射を加えている。そのときの中隊長の決心処置は？」

「はい、敵の状況を逐一連隊に報告するとともに、中隊は掩体に身を潜めて、敵弾からの防護に務め、敵の接近を待ちます」

「なぜ、反撃しない」

「この距離で戦車や装甲車を射撃しても、効果は少ないからです。敵は、わが陣地からの無反動砲や機関銃による射撃を発見すれば、戦車砲などでそれら火器の陣地を潰しにかかるでしょう。敵が、我が陣前の地雷を処理するために、２００から３００メートルの距離に接近するまで待ちます。敵が地雷処理をするタイミングを捉え、連隊に突撃破砕射撃を要請し、同時に中隊の全火力を指向します」

「敵の砲撃で、君の陣地の有線が切断され、連隊への報告も中隊に対する指揮もできない。さあ、どうする？」

「無線と伝令でやります」

このように、連隊長の中隊長への戦闘指導は真に迫り、白熱した議論が行われ、真冬だというのに、汗をかくほどだった。ようやく、作戦会議が終わったのは真夜中近くだった。長い時間、緊張しっぱなしだった武夫はようやく解放された。張り詰めて、熱気の籠った地下掩体壕から出て冷気に当たると、ホッとして心地よかった。掩体壕の中とは一変し、あたりは真っ暗闇で、おまけに王城寺演習場の寒気は肌を刺すように冷たかった。

ドライバーの鈴木士長の案内で、ジープを停めていた場所に戻り、武夫は第4中隊の防御陣地がある「森の台」に戻ろうと車に乗った。連隊の統制で、ジープの幌は取り外されており、車内で暖を取ることはできなかった。

ジープごとダムの水中に落下

武夫はそれまでの作戦会議の緊張から解放され、放心状態でジープの座席にどっかりと座った。鈴木士長が右側の座席に座った直後、エンジンが始動もしないのに、ジープがグラリと動いたような気がした。真っ暗闇の中での不思議な感覚は続き、一瞬だけフワリと空中遊泳したような感覚がした。真っ暗闇の中、周りが何も見えないので、何が何だか分からないままに、武夫は薄氷の張る水の中に放り込まれていた。

頭の中で「水の中に落ちた」と理解するよりも早く、一瞬のうちに、本能が武夫に泳ぐことを命じていた。水に落ちた衝撃で鉄帽とヘルメットは脱げて水没したものの、戦闘服を身にまとい、ピストル（重量830グラム）を装着し、「半長靴」と呼ばれる革の編み上げ靴を履いて泳ぐのは不可能に近いことだった。しかし、武夫は不思議にも、水面上に顔を出すことができた。「泳ぐ」というよりも、暗い水底に引きずり込まれまいと、ありったけの腕力で浮上しようともがいていた――というほうが正確な表現だったろうか。なぜ水の中に落ちたのか、何が起こったのか、考える余裕もなかった。真っ暗闇の中で、どの方向に岸があるのかも全く分からなかった。

そんな中、パニック状態でもがいていると、ふと「何者」かがス〜ッと近寄ってくる気配がした。そして「何者」かは背後から武夫の体を軽く支え、ある方向――岸の方向――に押してくれたような気がした。そのとき、バタついていた武夫の右手の指先に何かが触れた。

その瞬間、武夫は、本能的にそれをしっかりと摑んだ。何と、それはダムの崖に生えていた小笹の葉だったのだ。この笹の葉が武夫の命綱になった。笹の葉をそっと手繰り寄せ、小竹の幹に摑まって岸に辿り着いた。手探りで灌木の小枝などを摑んで、急な崖を攀じ登り、ダムの堤防の上部の平地まで到達し、ようやく助かった。

武夫のみならず、鈴木士長も奇跡的に助かった。鈴木士長によれば、彼は座席に座ったまま数メートルの深さの湖底までいったん沈んだという。その後座席を蹴って水面に向かって浮上したら、武夫と同じように「何者」かがス～ッと近寄ってくる気配がしたかと思うと、背後から体を軽く支えられ、ある方向（岸の方向）に押してもらったそうだ。その後小枝に手が触れたのでそれを引き寄せて岸にたどり着き、その後は武夫と同様に灌木の小枝などを摑んで堤防の上まで攀じ登ったというのだ。

翌朝、夜が明けて、現場に行ってみて分かったことだが、ジープはダムの傍らの下り斜面に、ダムに向かって後ろ向きの状態で停められていたのだった。武夫が座席に乗り込んだので、鈴木士長は半分座席に腰かけたまま右手で輪留めを外し、サイドブレーキを解除したそうだ。すると、ジープは斜面を後ろ向きに転がり始め、ダムの中に転落したとのことだった。

武夫と鈴木士長がその場所に来たのは初めてだったので、真っ暗闇の中、そんな危険な場所に駐車しているとはつゆ知らなかったわけだ。訓練中は敵を意識して、一切燈火を点けないようにとの連隊長の指導があり、ジープのライトで駐車場の周囲の景観を確認することができなかったことが災いした。

幸い、ジープは幌を外していたので、武夫たち二人は、車内から自然に脱出できたのだが、もし幌を外していなかったら、ジープ内に閉じ込められて水底に沈んでいたことだろう。そうなれば、ドアが水圧で開かず車外に脱出するのは困難だったに違いない。

また、ダムに墜落する際、ジープが逆さまにひっくり返らなかったことも幸いだった。もし逆さまにひっくり返っていたら、武夫たちはその車の下敷きになり、確実に溺死していたことだろう。

ミカエルに溺死から二度救われる

武夫は、この奇跡的に助かった事故を思い出すたびに、芥川龍之介の小説『蜘蛛の糸』の話を連想する。その粗筋はこうだ。犍陀多（かんだた）という地獄に落ちた罪人が、お釈迦様の慈悲で地獄に垂らしてくださった蜘蛛の糸にすがって天国に昇ろうとする。犍陀多は、自分の後から罪人たちが次々に蜘蛛の糸を伝って大勢、まるで蟻の行列のように一心に攀じ登って来るのに気づいた。犍陀多はこれを見て怒り、「こら、罪人ども。この蜘蛛の糸は俺のものだぞ。お前たちは一体誰の許しを得て登ってきた。下りろ。下りろ」と喚いた。すると、糸はプツリと断ち切れてしまい、犍陀多は再び地獄の底に落ちていった。

武夫の場合は、有り難いことに、犍陀多の「蜘蛛の糸」に当たる「笹の葉」は千切れなかった。それどころか、二人とも「何者」かが水没しないように支えてくれ、体を岸のほうに押してくれた。「何者」かの助けがなければ、武夫たちは湖底に吸い込まれて息絶えていたに違いない。

武夫は「何者」かについてすぐに悟った。それはまさしくミカエルだったに違いないと確信した。何と、ミカエルはこの極寒の大城寺演習場にまで武夫と一緒に来てくれていたのだ。これで、ミカエルに溺死の危機から救ってもらったのは二度目であった。武夫は闇に向かって「ミカエル、本当に有難う」と囁いた。ミカエルの返事はなかった。

犍陀多を救ってやろうとして蜘蛛の糸を差し伸べたのはお釈迦様だったが、武夫に笹の葉を摑ませてくれたのはガッパのミカエルだった。お釈迦様は、犍陀多が後に続く罪人たちに対して「こら、罪人ども。この蜘蛛の糸は俺のものだぞ。お前たちは一体誰の許しを得て登ってきた。下りろ。下りろ」と喚いたことに腹を立てられ、糸をプツリと切って見捨てられたが、ミカエルは武夫と鈴木士長の命をしっかりと助けてくれた。武夫にとってはお釈迦様よりも、ガッパのミカエルのほうがはるかに偉大に思えた。

話を戻そう。ダムの堤防の上に登り着いた武夫は、〝濡れ鼠〟のまま、すぐに連隊指揮所のある地下壕に行き、石原連隊長にジープがダムに墜落した事故について報告した。

連隊長は、厳しい指導で定評がある人だったので、きっと大目玉を食うだろうと覚悟していたが、武夫の事故報告を聞くと、連隊長は意外にも笑顔で、「無事で良かったな。橘中隊長と鈴木士長が助かったことが何よりも嬉しい。薄氷の張った冷たい水の中で、よくぞ心臓麻痺にもならずに済んだものだ。後のことは何も心配いらんから、濡れた服を着替えて風邪を引かないようにしなさい」と、武夫の無事を喜んでくれた。

こんな際どい場面で、武夫は連隊長の本当の人間性がはっきりと見えたような気がして、いよいよ石原連隊長を心から尊敬するようになった。「この人のためなら命も惜しくない」と思ったものだ。

ジープは翌朝クレーン車で引き上げられた。また、水没してダメになった無線機は師団には内緒で、計画的に少しずつ全部品をさながら〝換骨奪胎〟するように交換し、1年後には新品同様に〝蘇生〟し、通信できるように計らってくれた。

事故現場に行って分かったことだが、ジープが墜落した崖は、ダムを掘削したときに露出した土石のままであり、高さは約4メートル、斜度60度以上もあるように見えた。ダムの半分ほどはコンクリートで固められており、その部分から這い上がることは不可能だった。幸いにも、武夫たちが転落した場所は掘削した土石のままで、小笹がまばらに生え、ところどころには灌木もあり、武夫たちは、木や竹を掴んで攀じ登ることができたのだった。もし、ダム全体がコンクリートの壁だったら、武夫も鈴木士長も生きてはいなかっただろう。

ジープを停めていた場所も興味深いところだった。ジープの停止位置は、ダム——直径約50メートル、水深約5～10メートル——の傍らの狭い下り斜面にあり、鈴木士長によれば、ジープはダムに向かって後ろ向きの状態で停められていたそうだ。ふと見ると、その場所には、高さ30センチほどの墓石のようなものがあった。

怨霊を供養する

演習終了後、再びその場所を訪れた際、武夫に同行してその野仏を見た先任陸曹（陸曹＝下士官のまとめ役）の高田1曹がこう言った。

「中隊長、これは怨霊の仕業ですよ。怨霊が中隊長と鈴木士長をダムの中に引きずり込もうとしたのです。王城寺演習場は、明治14年に旧帝国陸軍が砲兵射撃場として開設されたのですが、もともとはいくつかの集落があり、村人のお墓もあったのです。それが、明治政府の命令で射撃場として接収されたわけです。廃村になり、子孫に見捨てられた形の村人たちの先祖の霊は、怨霊となって、旧軍を受け継いでこの演習場に来る自衛官を恨み、ワルさをしたわけですよ。中隊長と鈴木士長を人身御供にしようとしたのですよ。早速、供養しましょう。中隊所属の村上2曹は寺の息子ですから、彼にやらせましょう」

武夫は、ミカエルが助けてくれたことについては高田1曹には白状できなかった。だから高田1曹の助言通りに、中隊の幹部と陸曹代表10名ほどによる野仏の供養をすることにした。この話を伝え聞いたのか、連隊本部からも数名の幕僚が供養に参加した。

厳冬期なので野に花はなく、演習場内の藪に生えていたシキミ(樒)——仏事や神事に用いられる——の枝を採取して供えた。演習で使い残した蝋燭を灯し、演習打ち上げの夜宴で飲むために持ってきた酒——山形銘酒「初孫」——を供えた。村上2曹の読経に合わせ、武夫たちも合掌し、怨霊が安らかに憩うようにと祈った。

武夫は密かに「ミカエル、本当に有難う。おかげで俺だけではなく部下の鈴木士長も助かったよ。ミカエルはこの極寒の王城寺演習場にまで一緒についてきて、俺を守ってくれたのだね。これで水難から救ってもらうのは二度目だね」と湖面を見ながらつぶやいた。

これまで述べてきたように、武夫は水の中に墜落する事故で、二度も命拾いをした。しかも、不思議な力――ガッパのミカエルによるもの――が働いて、二度とも「水」の中から奇跡的に生還することができた。

実は、三度目の救いも「水」の中からだった。「水」とは言っても、三度目の救いは川やダムの「水」ではなく、カトリックの洗礼で使う「聖水」によって新たな命を授かったのだった。受洗に至るまでには、武夫は自分の〝心〟の試練を経なければならなかった。

〝燃え尽き症候群〟

エリート部署への異動が契機に

武夫の〝心〟の試練は、〝燃え尽き症候群〟から始まった。燃え尽き症候群を発症したのは、陸上幕僚監部・防衛部・防衛課・防衛班勤務（昭和60年8月から61年8月まで）のときのことだった。防衛班は、陸上幕僚監部の中でもエリートが集まる部署の一つであった。

山形県の神町駐屯地にある第20普通科連隊の第4中隊長だった武夫を防衛班に引っ張ってくれたのは、当時の防衛課長だった服部卓二郎1佐（防大3期）や防衛班長の秋山好秀1佐（防大7期）だった。武夫は人一倍の自負心をもっており、服部課長や秋山班長の期待に応えてやろうと意気込んで着任したのは確かだ。

防衛班は、陸上幕僚監部の中でも中枢的な役割を担う組織で、陸上自衛隊の編成・装備・予算などを決める中期防衛力整備計画（5年間）を企画立案する部署だった。

武夫は、当時焦点となっていた「昭和61年度から昭和65年度までを対象とする中期防衛力整備計画（通称『61中期防』）」の中の「後方」——弾薬、燃料、施設等の兵站関係が主対象——の担当を命ぜられた。ちなみに、61中期防の策定作業には「後方」担当の他に、ヘリコプター、ミサイル、戦車や大砲などの武器・装備品の調達計画を策定する「正面」担当がおり、同期の青林勉君が取り組んでいた。武夫にとって、防衛力整備に関するデスクワークは、それまで全く馴染みの無い分野だった。気ばかりは焦るものの、なかなか業務に精通するレベルには至らず、焦り、不安、ストレスばかりが募る一方だった。

武夫は、「後方」担当の仕事に加え、予備自衛官制度を拡充する方策の検討も命じられた。それは、従来の元自衛官を人材源とする予備自衛官制度に加え、自衛官未経験の一般国民から募集する新たな「予備自衛官補」制度を策定する作業だった。

武夫は、子供の頃、宇久島・福浦村の浜辺で何度も砂山を作っては寄せ来る波に崩される遊びに興じたものだが、これと同様に、「予備自衛官補」制度の構想も、幾度も作っては「ボツ」にされた。出口の見えない作業に漠然とした不安が募るばかりだった。

防衛班での勤務は、小隊長や中隊長時代に隊員とともに演習場を駆け回っていたそれまでの生活とは一変し、デスクワークが主体で、関係部署との調整や会議などに忙殺される毎日だった。また、内局（背広組）の部員に国会答弁用の資料を請求され、それについて根掘り葉掘り聞かれ、答弁に窮することも度々だった。相手の部員は入省以来デスクワークをしており、国会で取り上げられる問題に精通していたが、演習や訓練に明け暮れていた武夫はほとんど素人同然で、いつも追い詰められて受け身に立たされ、メンツを失うことが多かった。

仕事は夜中を過ぎることが普通だった。終電には間に合わないので、自転車で神宮外苑から新宿御苑を抜けて中野坂上の官舎に帰宅することもあれば、そのまま執務室の床の上にゴロ寝することもあった。睡眠時間は3時間から4時間で、心身ともに疲れ果てていくような気がした。「自分は同期のトップクラスである」という自負心と、思うように仕事が進まないことによるフラストレーションの間で武夫は懊悩する毎日だった。

突然起きた心身の変調

昭和60年8月の着任直後からこんな激務とフラストレーションが半年ほど続いたが、武夫は何とか昭和61年の正月を迎えることができた。しかし、いつもバイタリティに溢れ、能動的・積極的だった武夫は突然変調をきたしたのだった。

正月休み明け直後のある朝目覚めると、武夫はすべてのことに対して全く意欲が無くなってしまっていた。まるで、心身ともに燃え尽きたような感じで、何かをやろうとする気力が一切消え失せてしまった。健啖家の武夫だったが食欲も無くなり、防衛班に出勤する気にもなれず、ただ横になって無為に過ごすだけだった。

たった一つだけ気力が残っていた。それは辞職を申し出ることだった。「このままでは防衛班長の秋山1佐や班の仲間に迷惑をかける。速やかに辞職しよう」と決意した。電話で副班長の久米島昭一1佐に辞職を願い出た。久米島1佐は、「何も心配しないで、当分ゆっくり休め」とだけ言われた。

武夫は、防大を出て大村市にある第16普通科連隊の小隊長に任官した後から、生きていることに対する不安に襲われる体験をしていた。突然、なんとも原因不明の不安に襲われ、心臓が激しく鼓動を始めるのだった。そしてそのまま死んでしまうのではないかとパニックに襲われ、じっとしていられずに夜闇(やあん)の町の中をあてもなく彷徨うことがあったが、しばらくすると、自然に落ち着いてくるのだった。

武夫は不安になり、医者にかかった。心電図などでは異常が認められなかった。医師は、武夫の体に携帯ラジオほどの大きさの記録計を装着し、長時間の心電図――ホルター心電図――の検査を行った。その結果、心臓には異常は認められなかった。医者が下した診断は〝心臓神経症〟というものであったが、なぜそのような症状が出るのか原因は分からないままだった。

武夫は、富士学校（静岡県御殿場市）の幹部初級課程入校中に座禅を学んだ。その動機は「心を強くすることが、心臓神経症の克服に繋がるのではないか」と考えたからだ。武夫は富士学校卒業後、第16普通科連隊に帰隊した後も、一人で座禅に励んだ。しかし、座禅の進歩が足りないせいか、心臓神経症は完治しなかった。「心臓神経症は心臓の病気ではなく、心に起因する病である」と、自分に言い聞かせたものの、心の奥底では不安がつきまとっていた。

防衛班で〝燃え尽き症候群〟に罹ったのも、同じように〝心〟に起因するものであろう。武夫は、自分の心に目を向けざるを得なかった。心理学者でも医師でもない武夫が、この心の問題を如何に解決すればよいというのか。当時の武夫にとっては、「雲をつかむような話」だった。

武夫は、不安に苛まれるばかりで、途方に暮れたが、「我が人生を生き抜くためには、自分で解決しなければならない」――と心に誓った。こうして、武夫の人生における〝内なる戦い〟が人知れず始まったのだった。

自衛官として、死と向き合う任務を天職とする以上、恐怖や混乱の中で「自分の心を律する」ことは、重要なことだった。それゆえ、武夫が不本意ながらも、内なる戦いをせざるを得ない羽目に追い込まれたのは、〝天の計らい〟だったのかもしれない。

武夫の〝心〟の試練を救ってくれた三人の〝師〟

このような経緯で、武夫は自分の〝心〟に目を向けるようになった。そして、以下に述べるような、心の癒しや強化についての〝師〟に出会うことになった。

武夫の内なる戦いにおける最初の師は、小此木啓吾(おこのぎけいご)先生(昭和5年〜平成15年)だった。武夫が防衛班勤務で〝燃え尽き症候群〟を患っていることを知った妹の静子は、アルバイトで勤務していた慶応大学病院で知り合った小此木先生を紹介してくれた。

小此木先生は精神医学者で、当時慶應義塾大学医学部の助教授を務める傍ら、武夫の通勤経路途上にある慶応大学病院の医師を兼務されていた。小此木先生は、フロイト研究や阿闍世(あじゃせ)コンプレックス(出生以前に母親に抱く怨みのこと。母親は子供の出生に対して恐怖を持ち、子供はそれに対する怨みを持つとされる)研究、家族精神医学の分野では日本の第一人者であった。

武夫は10日間ほど小此木先生のカウンセリングを受け、薬を処方してもらった。カウンセリングは、先生の誘導で武夫が一方的に自分の思いを語るものだった。先生から何か〝心のありよう〟について、指導をもらえると思っていたが、それはついに頂けなかった。ただ、先生から「励まし」を頂いたことをたった一つだけ覚えている。先生はこう言われた。

「橘さん、精神的なストレスで私のところに相談に来る人はたくさんいます。社会の第一線で活躍している人たちの中にも、橘さんと同じような状態から回復した人も大勢います。中央官庁の局長クラスや外務省の大使クラスの方もいますよ。橘さんだけが特別ではないんです」

小此木先生は、優しく穏やかな声で諭し、武夫の心の重荷を和らげてくださった。不思議や不思議、10日ほどの通院で武夫は回復し、再び積極的に生きようとする心のエネルギーを取り戻した。しかし、〝心の中〟が本当に〝平穏・自若〟になったのかどうか、全く自信は持てなかった。得体の知れない不安が再び襲ってこないという確証は無かった。武夫にとって〝自分の心〟と向き合う取り組みはようやく始まったばかりだった。

二人目の〝師〟は、森田(もりた)正馬(まさたけ)先生(明治7年〜昭和13年)だった。

森田先生は、精神科神経科医で、神経質に対する精神療法である「森田療法」を創始された人だ。武夫が森田先生を知ったきっかけは新聞の広告だった。森田先生の弟子である高良武久先生（明治32年〜平成8年）が著した『森田療法のすすめ――ノイローゼ克服法』（白揚社）の新聞広告を見て興味を覚え、購入して読んでみた。武夫が納得できる内容だったので、『新版 自覚と悟りへの道』（同）など、森田先生ご自身の著書も読んだ。

森田療法の理論は、素人の武夫なりの理解としては「あるがままを受け入れる」という言葉がキーワードだと思った。森田先生はその著書『神経衰弱と強迫観念の根治法』（同）で「あるがままでよい、あるがままよりほかに仕方がない、あるがままでなければならない」と述べている。

過去の自分を振り返ってみて、森田先生の言葉は武夫にとって示唆に富むものであった。それまでの武夫は、自分が置かれた現実をあるがままに受け入れることができず、「かくあらねばならない。こんな成果や成績では自分自身を認めることができない」という思いが強かった。自分自身の仕事・勉学などの結果（現実）をあるがままに受け入れることができず、「こうあらねばならない、こうあるべきだ」と思い、現実と理想・期待のギャップに心を捉われて悩んでいた。

武夫は、森田先生の教えに従い、その後はあらゆる現実を素直に受け入れるように努めることにした。しかし武夫自身、森田先生の言われる「あるがままを受け入れる」ことができるようになるためには、ただその理屈を理解するだけでは不十分だった。

そこで武夫の三人目の〝師〟となるヨハネス・ハインリッヒ・シュルツ先生が登場した。武夫は、森田先生の教えを学ぶのと相前後してドイツの精神科医のシュルツ先生(1884～1970年)が創始した自律訓練法に出会った。シュルツ先生によれば、人間の思いや観念を本当に自己のものにするためには、深層心理――潜在意識――の中に刻み込む必要があると言うのだ。そして、自己の深層心理のドアを開けるための〝鍵〟として、シュルツ先生は1932年に自律訓練法を開発・創始した。

自律訓練法は、一種の自己催眠法であり、リラクゼーション技法である。ストレス緩和、心身症、神経症などに効果がある。

その方法は、「気持ちがとても落ち着いている」「手足が重い」「手足が温かい」「心臓が穏やかに規則正しく打っている」「自然に楽に呼吸している」「お腹(なか)が温かい」「額が涼しい」と、順次心の中で繰り返し唱え、自ら自己催眠状態を作る。そして、深い自己催眠状態になったところで、自分が「こうなりたい」と思うことを心の中でつぶやくのである。

武夫は、誰に習ったわけでもなく、本を読んで、自分で工夫して自律訓練法を体得した。

そして、自らを自己催眠状態にしたうえで、次のような暗示の誦句を心の中で呟くようにしている。

「一切あるがままに、見える、聞こえる、感じられる。何が現れてもあるがままに受け入れ何ものにも捉われない。身も心もゆったりとなって、湧き起こる思いやわだかまりも自然に溶け去り、消え去ってゆく」

この誦句は、日本の心身医学・心療内科の基礎を築いた池見酉次郎（いけみゆうじろう）先生が作ったものと聞いたが、定かではない。この誦句の中に「あるがままに」という言葉が二度も出てくる。武夫は、この誦句は森田先生の考え方――「あるがままに」――を活用しているのではないかと思った。

武夫は、シュルツ先生の自律訓練法により自ら催眠状態を創り、森田先生の教えである「あるがまま」であることを潜在意識に刷り込むなど、自ら工夫・実践し、心のバランスを確かなものにしようと、その後も努力を続けている。

ミカエルはガッパに非ず、守護天使ミカエル様だった！

久しぶりにミカエルが夢に現れる

武夫は、カトリック信者である妻と結婚するに際し、「妻に改宗を迫らず、生まれてくる子供たちに幼児洗礼を受けさせる」という内容の誓約書を書いて、大村市の植松教会に提出していた。それゆえ、長男と長女には、誓約書通りに幼児洗礼を受けさせた。

子供が成長するにつれ、武夫が教会に行かないことに対して疑問を口にするようになった。

あるとき、長女が武夫に尋ねた。

「何故、お父さんだけ教会に行かないの」

「お父さんは、カトリックの信者じゃないんだ」

武夫は、素直に事実を答えるしかなかった。すると、次は娘から意外な難問を突きつけられた。

「お父さんは、私たち家族と一緒に天国には行かないの」

これには、武夫も答えられなかった。子供たちはその成長とともに、家族の中で父親の宗教が異なることについて、違和感を覚えるようになったのだろう。そのような経緯から、武夫は、〝燃え尽き症候群〟発症を契機に、心の平安を得る道として、洗礼を受けようと思うようになった。

武夫は、小此木先生のカウンセリングが終了した直後、妻の勧めで、引き続き高円寺（こうえんじ）教会のヴェルディ神父様（スペイン人）のカウンセリングを受けることにした。神父様からのカウンセリングで自らの〝心〟がさらに強化されれば、それを契機に洗礼を受けるつもりだった。その年（昭和61年）の復活祭は3月30日だった。ちなみに復活祭とは、十字架にかけられて死んだイエス・キリストが3日目に復活したことを記念・記憶して祝うお祭りで、キリスト教においては最も重要な行事だ。北半球ではちょうど春の訪れを迎え、自然の甦（よみがえ）りの時期と重なる。

ヴェルディ神父様の最後のカウンセリングが行われる日の早朝、武夫は夢を見た。何と、久しぶりにミカエルが現われた。

「タケチャン、お久しぶり。『元気かい』とは言わないよ。燃え尽き症候群で〝心〟を悩ませていたもんな」

「そうだよ。さすがに自殺しようとは思わなかったが、本当に辛かったよ」

「同情するよ。でも、だいぶ良くなってきたなあ」

「今まで、子供の頃、福浦川に転落して溺れそうになったり、中隊長のときに、2月の厳冬期の王城寺演習場で、ジープがダムに転落したときは必ずミカエルが助けてくれたよね。でも今度は何もしてくれなかったじゃないか」

「ふ、ふ、ふ、ふ」

「ふ、ふ、ふ、ふ、じゃ分からないよ。お前は冷たいガッパだなあ」

「それではタケチャンに特別なビデオを見せてやろう」


ミカエルはそう言うと、部屋にあるテレビのスイッチを入れた。するとどうだ！　武夫が、宇久島の砂浜の上をミカエルと並んで歩いているではないか。砂の上に二人分の足跡が延々と続いていた。ミカエルは、その足跡を指して武夫に言った。

「ほら、これはタケチャンの人生の足跡だよ。その傍にはもう一つ私の足跡が一緒に続いているだろう。私はずっとタケチャンと一緒に歩いていたんだよ」

武夫がテレビを見ると、ミカエルが言う通り、二人分の足跡が並んで果てしなく続いていた。でもよく見ると、あるところから足跡は一つになっていた。この部分を見せて、武夫はミカエルに問いただした。

「でもミカエル、不思議なことに、二つの足跡のうち、この部分からは一つが消えてなくなっているよ。一つしかないよ。そうだ！　これは、私が燃え尽き症候群で悩み苦しんでいた時期に違いない。ミカエルの足跡が消えてしまっているよね。どうなんだい、ミカエル。私を見捨てたのではあるまいな」

「ふ、ふ、ふ、ふ」

「ふ、ふ、ふ、ふ、じゃ分からないよ。また笑って誤魔化そうというのか」

武夫はミカエルに語気を強めて言い寄った。その瞬間に武夫は目覚めた。武夫は久しぶりにミカエルと会ったことで少し興奮気味だった。目が覚めても興奮の余韻が残っていた。その日、武夫は予定通り高円寺教会に行って、ヴェルディ神父様から最後のカウンセリングを受けた。そして、それまでヴェルディ神父様に言っていなかったガッパのミカエルの話をした。武夫が幼少の頃、福浦川の濁流に転落して溺死寸前に助けられた話から、中隊長時代、2月の寒冷期にジープとともにダムの中に転落して、湖底に沈む前にガッパに助けられた話まで、不可思議な出来事を隠さずにすべて話した。

さらに、その日の早朝、ミカエルが夢の中に現れ、砂に記された武夫とミカエルの二つの足跡が、あるところから一つになった夢を見た話もした。ヴェルディ神父様は黙って武夫の話を聞いていたが、少し興奮気味に、武夫が驚くような意外な事実を教えてくれた。

神父様は次のように言われた。

神父様が語るガッパの正体

「橘さんに二つのことを申し上げます。第一に、これまであなたを助けてくれたのははガッパのミカエルではありませんよ。あなたを助けてくれたのは、守護天使のミカエル様です。カトリック教徒の一人一人には守り導く天使がいるのですよ。神様がそれぞれの人間につけてくれた天使がいるのです。その天使は守護する対象である信者に対して善を勧め、悪を退けるよう人の心を導いてくださるのですよ。

ミカエル様は、旧約聖書の『ダニエル書』、新約聖書の『ユダの手紙』『ヨハネの黙示録』、旧約聖書外典『エノク書』などに名が現れる天使です。ミカエル様は教派によって異なるのですが、大天使の一人であると考えられています。ミカエル様はキリスト教だけではなく、ユダヤ教、イスラム教において最も偉大な天使の一人であり、『熾天使(してんし)』として位置づけられることもあります。『熾天使』とは、天使の位階の最高位にあたる階級です。『セラフ』や『セラフィム』とも呼ばれます。三対で六枚の翼を持ち、一対は頭を、一対は体を隠しており、残る一対で飛翔するのです。神への愛と情熱でその身が燃えているとされ、宗教画などでは赤い翼で表現されています。〝熾(燃えている)天使〟という表記もこれに由来しています。橘さんは凄い守護天使に守っていただき、導かれていたのですね。それも、洗礼を受ける以前から！」

「神父様、本当に驚きました。私がガッパだと思っていた方が実は大天使様だとは。これまで友達のように気安く『ミカエル』と呼び捨てにしていました。謝らなければいけませんね」

「そう気になさることはありませんよ。橘さんは、天使ミカエル様を今まで通り身近な存在として意識しておればいいと思います。天使ミカエル様は、これからもあなたのことを照らし、守り、導いてくださるはずです」

「橘さんにもう一つ申し上げることがあります。橘さんは、今朝夢の中で大天使のミカエル様に会われたのですね。その際、浜辺に記されていた二つの足跡が一つになっているのを見て、橘さんはミカエル様に『私を見捨てたのではあるまいな』と申されたのですよね」

「そうです。そう申しました」

「ミカエル様は一切言い訳をされなかったそうですね。その夢の謎解きをしてあげましょう。二つの足跡が一つになっていたとき、橘さんはミカエル様の背中におんぶされていたのですよ。ミカエル様が橘さんを見捨てるようなことは、絶対にありません」

「エーッ、ミカエル様が私を背中におんぶしてくださっていたとは！　だから、足跡は一つしかなかった――神父様はそう言われるのですね」

「その通りですよ。ミカエル様は常に橘さんの傍にいてくださいます。そして、あなたが苦難のときにこそ、しっかりと支えてくださっているのです。どうかそのことを忘れないでください」

武夫、洗礼を受けカトリック信者となる

武夫は、神父様の言葉に身が震えるほど感動し、改めてミカエル様に感謝を捧げた。その年の復活祭に、武夫は高円寺教会で神父様から額に「聖水」を注いでいただき、洗礼を受け、カトリック教の信者となった。

武夫は、俯いた姿勢で、神父様から額に「聖水」を注いでもらっているときに、「タケチャン」と呼ばれたような気がした。「聖水」で清めていただいた後に、顔を上げて神父様を見ると、

なんとミカエル様が笑っているではないか。そして、武夫が少年の頃、伝馬船でクサビ釣りに行って大鯛を釣り上げたときに、鯛を舟の中に投げ入れてくれた〝ガッパのミカエル〟が見せた仕種と同じように、ミカエル様は武夫にウインクして、口に人差し指を当てて「秘密だよ」と合図した。と、次の瞬間、ミカエル様は高円寺教会の神父様の姿に変わっていた。

こうして、過去二度の事故で川や池の「水」の中から命拾いをした武夫は、三度目も「水」、すなわち「聖水」を額に注いでもらって、天使様すなわち、ミカエル様から救っていただいたのだった。

武夫は、洗礼を機に、ミカエル様が常に自分の傍にいてくださることを確信した。そして、自分の高慢な心を反省し、自分の弱く脆い側面を素直に受け入れるようになった。

人間は「風にそよぐ蘆(あし)」のように弱い存在であるが、神に対する信仰を持つことで「しなやかで強い鋼のような心を持つことができる」ことが少しずつ分かるようになった。

こうして武夫は、フランシスコ・ザビエルが1492年に日本に伝えて以来、幾多の苦難を乗り越えて継承されてきたキリスト教の信者の一人となった。

キリスト教にゆかりの深い長崎県の五島生まれの武夫は、神から召されて新しい使命を与えられたこと――召命――を感慨深く受け止めた。

〝軍用〟ヘリ飛行中にミカエル様の声を聴く

現役最後の任務で宇久島上空を飛ぶ

武夫は、陸上自衛隊最後のポストとして2003年7月1日から2005年3月21日まで、西部方面総監部幕僚長を務めた。

熊本で勤務している間に、自衛隊のヘリで宇久島を訪れる機会があった。自衛隊では、有事・災害時・救急救命などで使用する離島の「ヘリ用場外離着陸場」までの飛行訓練を定期的に行っている。あるとき、西部方面総監部・防衛部の幕僚の五郎丸(ごろうまる)3佐——自身がヘリのパイロット——が飛行訓練計画の決済を受けに来た際、武夫にヘリに搭乗して同行することを勧めてくれた。武夫が五島の宇久島出身であることを知っていたからだろう。曰く、

「来月、幕僚長の故郷の宇久島へ緊急時に使用する場外離着陸場の確認・チェックを兼ねた洋上飛行訓練があります。宇久島に降りて、故郷に錦を飾られたら如何ですか」

「そうだな……」とは言いつつも、武夫は、しばらく考えた。確かに、ヘリで帰島すれば、

まるで凱旋将軍のような歓迎を受けるだろう。しかし、そんなやり方は武夫の人生哲学に合致しない、と思った。これまで、公私混同をメディアなどで指弾され、晩節を汚し、国民の自衛隊に対する信頼を失墜した先輩が山ほどいることを思い出した。武夫は、そこまで考えると、やおら口を開き、五郎丸３佐の心配りに感謝しつつ、こう答えた。

「五郎丸３佐の厚意には感謝するよ。飛行訓練にはぜひとも同行させてもらおう。でも、宇久島に着陸するのは遠慮しとくよ」

数日後、飛行訓練の日がやって来た。その日は好天だった。自分が安楽に飛行できるのは有難いが、ヘリの飛行訓練環境としては最悪なのかもしれない。むしろ、視界不良や強風などのハンデがあったほうが訓練するには良いのだろうに、と思ったくらいだ。

９時頃、武夫が搭乗したＵＨ－６０ＪＡヘリは、熊本空港に併設された陸上自衛隊の高遊原分屯地を離陸した。ヘリは当初機首を熊本城の天守閣に向けて飛行し、その後熊本市を貫流する白川沿いに下り、有明海に出た。ヘリのパイロットの五郎丸３佐の声がヘッドホンから聞こえてきた。

「幕僚長、今、有明海を西に向け横断中です。１９９０年11月17日に噴火を開始し翌年６月には大規模火砕流が発生。43名の死者・行方不明者を出した普賢岳の上空を通ります」

島原半島に近づくにつれ、普賢岳が見えてきた。山頂は植物もまばらで、溶岩砕石に覆われ、今も噴火の名残をとどめる一筋の煙が昇っていた。五郎丸3佐が続けた。

「当時西部方面隊は地上と空中から全力で防災に取り組みましたが、我が方面ヘリコプター隊は上空からの偵察などに大いに活躍しました。しかし、事故もありました。大火砕流の3日後、取材のマスコミ各社を乗せた自衛隊のCH-47ヘリがエンジントラブルを起こし不時着しました。いつ火砕流が襲ってくるかもしれないという恐怖と不時着による動揺の中、地上の誘導員の適切な対処により全員助かりました」

機は諫早市を抜け、大村湾を縦断し、佐世保港を経て、一路宇久島に向かった。佐世保港の外は、好天にもかかわらず、波頭が白く砕け、海は荒れていた。佐世保から五島航路で宇久島に行けば、優に3時間はかかるが、ヘリでは「ひとっ飛び」という形容がぴったりだった。

五郎丸3佐の声がヘッドホンから聞こえてきた。

「間もなく宇久島です。島の表玄関の平港から入り、ヘリポートに向かいます」

平港が見えてきた。船から上陸する感じとは全く違う。心の準備もできないままに、平港の上空に達した。町役場の上空で少しホバリングしてからヘリポートに向かった。平港近くの丘の上に、ヘリの着陸帯(直径7メートルの円)を確認し、そこに留まることなく五郎丸3佐は機首を南西に向けた。

「幕僚長の祖先が眠る墓地の上を経て、御実家のある福浦村に向かいます」

武夫は、この報告を聞いて〝公私混同〟という言葉が頭に浮かんだが、敢(あ)えてパイロットの飛行コースに異を唱えなかった。武夫の心は、まるで墓地と生家に引き寄せられているような気がした。抑えがたい郷愁が湧いてきた。

墓地の上空に差しかかった。低空飛行だから、武夫の祖父や父の墓石が明瞭に見えた。武夫は、心の中で祖父や父の霊に帰郷の報告をした。墓石の上からの祈りは、なんだか祖父や父を上から見下しているようで、申し訳なかった。

五郎丸3佐が操縦するヘリは、子供の頃から慣れ親しんだ墓地と生家のある村との距離・空間(徒歩で約15分)を、瞬く間に飛び越えて実家の上に来ると、しばらくホバリングした。家の周りの木々の葉が、ヘリのローターの風圧で大きく揺れている。実家をそんなアングルから見るのは初めてのせいか、あまり懐かしいという感懐は湧かなかった。五郎丸3佐の声が聞こえた。

「どこか他に、見るところはありませんか」

「……有難う。もう良い、帰ろう」

「分かりました。これから、福浦の海岸に出て、海岸伝いに平港に移動し、そこから直路、高遊原分屯地に帰投します」

眼下には村人が打ち振る大漁旗

機は、生家の近くを流れる福浦川に沿って海岸に出て、東に向きを変えて海岸伝いに平港を目指した。海岸に出て1キロほど東に移動すると、下山集落の波止場に出た。なんとそこには、数人の村人が波止場の防波堤の上で、大漁旗を数本も打ち振っているではないか。五郎丸3佐は、波止場から50メートルほど沖の海上で、10メートルほどの高さでホバリングしながら、武夫に双眼鏡を貸してくれた。よく見ると、見覚えのある顔があった。道下の叔父・長作(ちょうさく)(母の弟)夫婦だった。竹馬の友の奥村虎雄君の顔も見えた。エンジン音で聞こえるはずもないのに、何か一生懸命叫んでいた。きっと、「よう帰ってきたねー」と言っているのだろう、と思った。

武夫は宇久島行きに先立ち、叔父に手紙を書いて、当日に飛行訓練で自身が搭乗したヘリが島の上空を通ることを知らせていたことを思い出した。懐かしい人たちの姿を見た武夫の胸は熱くなった。ヘリから飛び降りたい衝動に駆られた。五郎丸3佐は、そんな武夫の気持ちを察してか、しばらくホバリングを続けた。

後ろ髪を引かれる思いだったが、武夫は五郎丸3佐に帰投の途につくよう促した。五郎丸3佐は「では、出発します」と報告し、帰投を開始した。武夫は大漁旗を打ち振る村人の送別を受けつつ、波止場を後にした。

宇久島を離れてしばらくするとヘッドホンから「タケチャン、タケチャン」という声が聞こえた。五郎丸3佐が上司である武夫のことを「タケチャン」と呼ぶはずがない。武夫はハタと気づいた。「これはミカエル様の声だ!!」と。

武夫は五郎丸3佐を驚かせてはいけないと思い、ヘッドホンを使わずに肉声でミカエル様に話しかけた。

「自衛隊現役の最後にヘリで宇久島に帰郷させていただいたのは、ミカエル様のお計らいだったのですね。本当に有難うございます。お陰様で貴重な里帰りができました。心から感謝申し上げます。四半世紀に及ぶ自衛隊勤務を締めくくる良い思い出となりました。間もなく自衛官を〝卒業〟しますが、これからも引き続き私を照らし、守り、お導きください」

これに対してミカエル様は、ヘッドホンを通して「フ、フ、フ、フ、フ」と笑うのみであった。

あとがき

私にとって『宇久島奇談』の執筆は、改めて自分の過去の人生を見つめ直す作業でもあった。執筆作業を通じて、自分の人生がまさに「何者」かによって助けられ、今に至っていることを改めて自覚した。

私の人生は、父母、弟妹、叔父叔母、友人、職場の上司や部下などのお陰であることは論を俟たないが、「人という次元を超えた『何者』かの力が働いた」ことを本稿の執筆を通じて明確に確信した。

キリスト教徒である私は、自身に守護天使がついておられることは頭の中では理解していたが、それほど身近なものではなかった。本書の執筆を通じて、守護天使は本書に出てくる「ガッパのミカエル」のように、より身近な存在として認識できるようになった気がする。

本書を書いたことも、その御方のお導きであると確信している。本書は、私を通じてその御方が書かせられたものである。私は単なる「書記」に過ぎないのだ。

本書を読んでくださった皆様にも、私と同じように「ガッパのミカエル」のような「何者」かが、見えない力で応援してくださっていることに気づいていただければ幸甚である。

敗戦後の混乱期、中村天風師は、「心身統一法」を広めることにより、人々の心と体を積極的にし、人間が本来持っている「潜在勢力」を引き出し、幸福で充実した人生を作り上げることで、国の復興に貢献した。

私もこれに学び、天風師の「心身統一法」と、人それぞれの宗教・信仰を統合・融合するための、オリジナルの理論――「神心統一法」――を創出し、『中村天風と神心統一法』という著作をプレジデント社から上梓させていただいた。

『宇久島奇談』と『中村天風と神心統一法』とはいずれもスピリチュアルな世界をテーマにしたものであり、私の著作の中では「ペアを為すもの」である。

令和5年7月

福山隆

福山 隆（ふくやま・たかし）
陸上自衛隊元陸将。1947年、長崎県生まれ。防衛大学校卒業後、陸上自衛隊に入隊。1990年外務省に出向。大韓民国防衛駐在官として朝鮮半島のインテリジェンスに関わる。1993年、連隊長として地下鉄サリン事件の除染作戦を指揮。西部方面総監部幕僚長・陸将で2005年に退官。ハーバード大学アジアセンター上級客員研究員を経て、現在は執筆・講演活動を続けている。著書に『防衛駐在官という任務』『軍事的視点で読み解く　米中経済戦争』（ともにワニブックス【PLUS】新書）、『閣下と孫の「生き物すごいぞ！」』、西村幸祐氏との共著に『「武漢ウイルス」後の新世界秩序』（ともにワニ・プラス）などがある。

宇久島奇談

2023年8月10日　初版発行

著　者　福山　隆
発行者　佐藤俊彦
発行所　株式会社ワニ・プラス
〒150-8482 東京都渋谷区恵比寿4-4-9 えびす大黒ビル7F
発売元　株式会社ワニブックス
〒150-8482 東京都渋谷区恵比寿4-4-9 えびす大黒ビル
ワニブックスHP　https://www.wani.co.jp
お問い合わせはメールで受けつけております。
HPから「お問い合わせ」へお進みください。
※内容によりましてはお答えできない場合がございます。

ブックデザイン　前橋隆道　進藤　航
印刷・製本所　中央精版印刷株式会社

　ISBN 978-4-8470-7331-1